ズンズンと力強い足取りで
こちらに向かって来るではないか。
クシャトリア。

illustration
るろお

Kenta Mutoh
武藤健太

無属性魔法の救世主《メサイア》 9

「ええ。ご武運を」
二年前とはまったく異なる……
晴れやかな別れだ。
「行こう、アスラ……」

「ああ」
ミレディに促され、
俺たちは王城の裏門を出る。

ネブリーナ姫は……。
「あ、おとーひゃま！」
酒に酔っていた。

堅牢な鉄の牢屋の中に、彼女はいた。
「人工精霊オリオン……」

「いいぞ、ミレディ……！」
「うん」
ミレディの背中から
分銅が四つ発射される。

アスラはそれらを磁力操作しつつ、
霊基《れいき》の鎖鎌《くさりがま》の分銅も操作し、
敵を目掛けて打ち出した。
「ぐおあっ!」

INTRODUCTION
追われる二人

聖女の役職を辞退したミレディ。
王城では彼女をかくまうことができなくなり、
アスラとミレディは正体を隠しながら、王城を出た。
二人は最初に魔法学園へ向かうと、
そこでイヴァンから、彼の実家の屋敷警備依頼が
ギルドに出ているから、それを受けるように頼まれる。
ギルドで依頼を受けた二人は道中に
山賊の襲撃を受けるも、それを撃退し、
イヴァンの屋敷へ辿り着いた。
しかし、屋敷には秘密があった。
解放軍のアジトで戦った
人工精霊オリオンが収容されている屋敷内の牢屋。
イヴァンが隠している秘密の部屋。
そしてアスラとミレディは一緒に秘密を解き明かす中、
お互いの気持ちに気付き始めるのだが……。

無属性魔法の救世主《メサイア》 9

武藤健太

ヒーロー文庫

9
無属性魔法の救世主《メサイア》

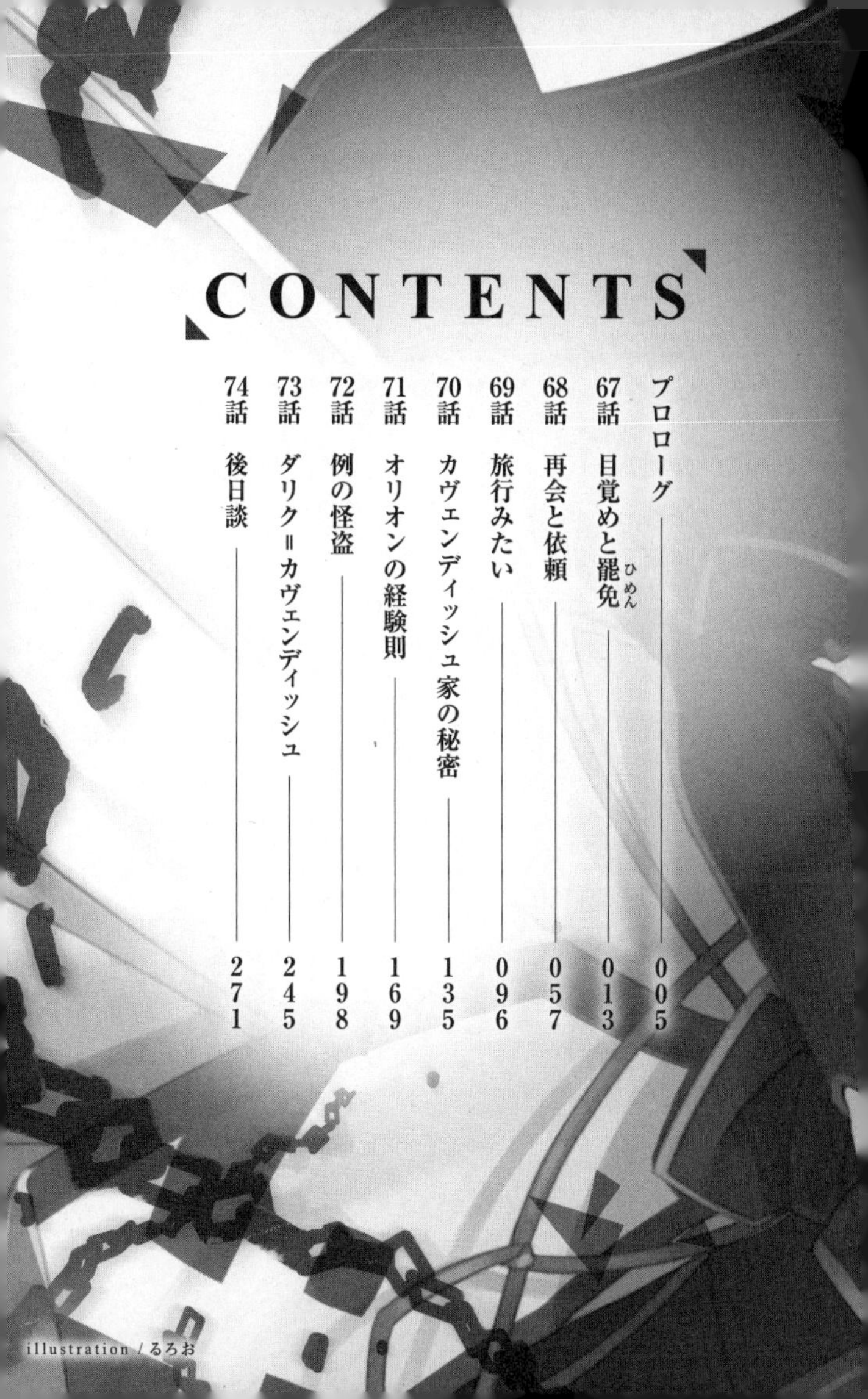

CONTENTS

illustration / るろお

イラスト／るろお
装丁・本文デザイン／5GAS DESIGN STUDIO
校正／有園香苗（東京出版サービスセンター）
DTP／鈴木庸子（主婦の友社）

この物語は、小説投稿サイト「小説家になろう」で発表された同名作品に、書籍化にあたって大幅に加筆修正を加えたフィクションです。実在の人物・団体等とは関係ありません。

プロローグ

〈ミレディ〉

それは……それは、まごうことなくアスラだった。

二年前のアスラ。

『第二夜』で解放軍と戦った時のアスラ。爆発に巻き込まれて、死んだと思われていたアスラ。学生服の、最後に見たままの姿のアスラ。

「大の大人が寄ってたかって、なに女の子泣かせてんだ……」

あぁ……アスラは……アスラはあの時のままのアスラだ……。

二年前の、私を守ってくれた時のアスラなんだ……。

間違いない。顔や見た目だけじゃない。あの人が、私の好きな人なんだ。

その好きな人が、私のために戦ってくれている。これって、ものすごく幸せなことなんだ……。

私はアスラが戻ってきたことに腰を抜かし、足に力が入らないことに、ようやく気が付いた。アスラが戦っていても、私は見ているだけ。

でもアスラは、負けなかった。

足を地面ごと氷漬けにされても、地面ごと足を引っこ抜き、巨大な金槌《かなづち》のようにして、足を振るう。相手の解放軍は逃げようとするも、逆にアスラに足を凍らされて身動きが取れない。

やっぱり……あの神級精霊がアスラだったんだ……。

神級精霊と同じ完全複製《イミテーション》の魔法を使い、『精霊化』と呼ばれる青白い光に体が包まれた状態になると、顔には神級精霊が付けていたウサギの仮面が出現する。

神級精霊と、アスラは同一人物……。だからアスラが『精霊化』した時、神級精霊だった時の姿になるんだ。

『精霊化』して神級精霊になれば、霊基《れいき》が使える。

アスラは霊基の鎖鎌《くさりがま》を、縦横無尽に振るった。

同時に、神級精霊の状態になることで使える神級精霊の能力を、余すことなく発揮し、解放軍を圧倒し始める。

オリオンと呼ばれる青髪の精霊が襲いかかっても、私と合体していた技を上手く使い、オリオンを無効化することに成功。相手の戦意は削がれるばかりだった。

せめてもの足掻《あが》きにと攻め込む解放軍の兵士と、逃げ惑う兵士がいる。

アスラは囲まれてもなお、怯《ひる》みはしなかった。

解放軍もそれなりに訓練を重ねていると思われる隊列行動が板に付いており、統制の取れた動きでアスラを取り囲み始める。

しかしアスラは先手を打った。

分銅を大きく横になぎ、矢面に晒《さら》された解放軍数人を吹き飛ばす。

アスラの魔障壁に阻まれ、魔法は愚か属性魔法使いに至っては近づくことさえできない。

もはや、今のアスラに敵う者はいないとすら思えた。

解放軍の剣をしゃがんで避けてみせると、ジリョクと呼ばれる力で操作された霊基鎖鎌の分銅が、死角から敵を強襲し、吹っ飛ばす。

しゃがんだアスラに木銃を放とうものなら、一瞬で木銃の狙撃手の背後に回り込んだアスラに足で軽く払われる。

大人数で羽交い締めにしても、オーガのような怪力で振り払われ、アスラから離れれば最後、強烈な蹴りが飛んでくる。

アスラは逃げる者にも容赦はなかった。

解放軍の軍勢を、アスラは一人でやっつけてしまったのだ。

倒した解放軍を氷で地面に押さえ付け、全員を捕らえた。オリオンも、もちろんお父様も……。

アスラは、死んだのだと世間の誰しもが思っていた。しかし実際は、神級精霊になっていた。

ロップイヤーの言動から、アスラだった頃の記憶はないのがわかる。王宮近衛隊の元人工精霊のクシャトリアと、その契約人工精霊であるアルタイルも、人間の頃の記憶はほぼないという話だ。

何が起こっているのか、さっぱりわからない。

しかし今はアスラが生きているというだけで充分に思えた。解放軍を下した彼を抱きとめた時、私は確信することとなる。

今、腕の中にいる彼は、アスラで間違いないのだと。

二年前のままのアスラ。

身長は私が少しだけ追い越していて、おそらく年齢も二年前で止まっていたのだろう。顔貌も十六歳のままだ。

同世代の人より筋肉質で、少し骨張っているけど、温かい……アスラの体。

あぁ……。

かつてこれほど安心したことは私にあっただろうか。彼が生きていた。彼は無事だった。

彼を抱きとめて突如溢《あふ》れ出したその感情に、私はただただ泣いた。泣き喚いたかと思えば、小さくめそめそと泣く。まるで子供のように、アスラを強く強く抱きしめて泣いた。

騎士隊が私たちのいる最深部に到着するまでの一時間近くもの間、私はアスラを抱き寄せたまま涙を止められないでいた。


騎士隊長のランドがいの一番にアスラを見つけた時、それはそれは大層な驚きようだった。

ランドも思うところがあるのだろう、彼はアスラを見て、ほんの一滴だけ涙を零《こぼ》した。

騎士隊員たちも、後からランドに追いつく。

「あ……アスラさん……」

ランドに続いて騎士隊のイートゥーが、アスラに気付いた。

「え……こいつが、アスラ＝トワイライト……？」

次に特別騎士隊、通称『特隊』のラズが反応する。それを皮切りに、にわかに騎士隊員たちがざわめき始めた。彼らは次々と混乱を口にする。

「あれが……第二夜で解放軍を倒したアスラ＝トワイライト……？」「でも王都を守った時に死んだんじゃ……」「ロップイヤーはどこに行った？」「実物は見たことないから、本人かどうかなんて……」「もし本物ならこの二年間何をしていたんだ？」

などなど。

あまりアスラの耳には入れたくない言葉が多かった。でも、私は知っている。アスラの温もりを、アスラの感触を、アスラの表情を……これらは真似しようとして一朝一夕で身に付けられるものではない。

私を特別扱いしない彼独特の仕草や言動。どれを取っても彼が本物の、二年前に姿を消したアスラ本人なのだと、声高に私の五感は訴えた。

「とにかく、ここを出よう。騎士隊員の半数は解放軍を捕らえて私と王都へ。残りの半数はこのアジトの調査だ」

場を見兼ねたランドは、一度仕切り直した。

ちょうどそのタイミングで、怪盗ノームミストが騎士隊の後ろに追い付く。そして意外なことに、アスラにはすぐに気が付いた。

「お、おいっ！　お前アスラじゃねえのかっ？」

ノームミストはアスラに駆け寄った。

ノームミストはこのアジトに踏み込む前に、自らをアスラのファンだと言っていた。ものすごい勢いでアスラに迫る。

私の腕の中の彼を、私から引き剥《は》がすように、ノームミストはアスラの肩を持って顔を見ようとした。

見ようとしたのだが。

「……」

アスラは気絶……いいや、眠ってしまっているようだ。

「……疲れが出たんだと思う……」

手短に、私はノームミストにそう伝えた。ノームミストは、そうか、と肩を落として、先にアジトの出口へと向かう。

しかし、私はアスラのことはしっかり抱いたまま、自分の手は彼を離さなかった。

今、もしここで彼の背に回す手を離してしまえば、次に彼と会う日は訪れて来ないのではないかと、不思議とそんな感覚に囚われてしまっている。そしてその不思議な感覚が、途方もなく恐ろしかった。

私は、解放軍のアジトを出るまでの間、ずっとアスラを抱いていた。階段があれば意識のない彼をおぶり、長い廊下があれば休み休み彼を運んだ。決して他の者にアスラを運ばせたくはなかった。

我ながら必死だった。

今にも彼が消えそうで、この手からこぼれ落ちてしまいそうで、気が気ではない。彼を失う悲しみは、もう味わいたくはない。

一度目はアスラがフォンタリウスの屋敷を追い出された時。二度目は二年前にアスラが爆発に巻き込まれて死んだとされた日。

しかし、世間の中でアスラは死んだと言われている存在。この手の中のアスラは本物のアスラなのだろうか。精霊が化けてアスラになっているだけではないだろうか。

いいや……彼がアスラであることは、私の心が知っている。目で見て、手で触れて、頭が覚えている彼の記憶は、脳裏に焼き付いている。

私は不安を払拭するかのごとく、この感覚が真実なのだと、強く自分に言い聞かせた。

67話　目覚めと罷免

〈アスラ〉

これは夢だ。

夢特有の朦朧《もうろう》感がない、特別な夢。

見覚えのある暗くどこまでも広がる空間に、薄く水面が張られている。

俺の頭上からはスポットライトが照らされていて、足元のみ視界が効く状態だ。

そしてお決まりのように、遠くから水面を軽快に蹴る足音。

現れるのは白いウサギだ。

「これでひと段落ね」

それも綺麗《きれい》なソプラノの声の。人間みたいに話すのだ。

「ひと段落？　何かの区切りなのか？」

「ええ。これであなたはまた一つ試練を乗り越えた。強くなったと言えるんじゃないかしら」

「ああ、そうだな。神級精霊の力も引き継がれてるようだし」

「それだけじゃない。あなたは強さの本当の意味がわかったんじゃない？」

ウサギは妙に人間じみた、神妙な面持ちで尋ねてきた。

実際そうなのだ。二年前、解放軍がミレディを狙って王都に侵攻した時、身に染みて感じた。この命を賭《と》してでも守りたい好きな人や仲間の存在である。

その人たちを守れる強さこそが、俺に必要な強さなのだと、思い知った。

フォンタリウス家を見返すことなど、もはやどうでもいいくらいに。

「顔付きが二年前と少し違うわね」

「そうか？」

「ええ……と言っても、二年も私は待ちぼうけだったんだから、お願いの一つくらい聞いてくれるわよね？」

「お願い？」

このウサギが言うと、断れない威圧感がある。

「そう、お願い。でも簡単なことだから安心してちょうだい」

急に改まったウサギを見て、俺は思わず固唾《かたず》を飲んだ。

「あなた、好きな女の子がいるのでしょう？」

「え？　あ、ああ……い、いるにはいるよ……けどそれがなんだっていうのさ」

思わぬ問いかけに、たじろいだ。というか、不意を突かれて戸惑ったと表す方が正しい。頭にミレディの顔が浮かんで、心拍がやや跳ねる。

「その子のそばにいてあげなさい。きっと、良い方へ物事が進むから」

好きな女の子……ミレディのそばにいろだって？　片時も離れず？　接触込みでお触りし放題のポロリもあるだって？

げほんげほん……冗談はさて置き、好きな子のそばにいるだけでいいなら、むしろ願ったり叶ったりである。どんと来いってもんだ。

「そんなことでいいなら、お安い御用だ」

「ありがとう」

すると、頭上のスポットライトの明かりが強まる。視界がライトの白色に包まれ始めた。

白ウサギの姿が見えなくなったところで、白ウサギがポツリと呟《つぶや》いた。

「あなたと会う日も近いのかもね……」

しかし俺には意味がわからず、咄嗟《とっさ》に聞き返すことはできなかった。

会う日が近い？　今ここで会っているじゃないか。

首を傾げつつ、俺は夢の終わりを迎えた。

◇◆◇

王城の自室だと、すぐにわかった。

いや、神級精霊ロップイヤーのものだった部屋と言うのが正しい。俺はロップイヤーだった頃の記憶を遡《さかのぼ》り、王族に分け与えられた部屋にいることを自覚した。

キングサイズのベッドの上で仰向けになり、天幕を眺めている状態だ。視線を下に落とすと、ベッド脇の椅子に腰掛ける銀髪……いいや、ミレディが船をこいでいた。

白い修道服を身にまとっており、俺がロップイヤーだった時の記憶が正しければ、『聖女』という役職に就いていたはずだ。

今になり、俺は神級精霊から元のアスラに戻ったんだと実感が湧いた。ミレディを『銀髪』などと記号的に呼んでいた神級精霊であった頃の自分を、いまいましく感じるのが良い証拠。

上体を起こすと、ミレディが目を覚ました。

すぐに目が合う。

「……起きてたの……？」

ああ……やっぱりミレディだ。

この無表情、誰に真似ができようか。それに抑揚《よくよう》のない声ながらも、小さな鈴が鳴るような綺麗《きれい》な声色。どこかものすごく懐かしさを感じるとともに、愛らしくも感じた。

「ああ……いま目が覚めたとこ……」

記憶が戻ってからというもの、記憶の中の自分のように、これまで通り話せない。どこかぎこちなさが残る。

「そう……」

すると、ミレディはおもむろに立ち上がり、俺のベッドに腰掛けて、こちらをじっと見た……いや、観察するような目だった。

「夢じゃないよね……アスラだよね？　私のこと覚えてるよね……？」

「もちろん。俺だよ」

「なっ、何か言ってみてっ」

希望半分、不安半分というような目だった。俺が彼女の知るアスラであることを懇願するようで、彼女にしては珍しく、先を急《せ》くような話し方である。

しかし何か言ってみてとはまた突然な……関西人に何か面白い話してと無茶振りをするような難題感があるとは思わんかね。

「な、何かって何を」

「何でもいいから、アスラだってわかるような……」

ああ、そうか。

彼女は必死なのだ。

二年前、俺が爆発寸前のヴーズルイフ鉱石を持って王都を出る直前、ミレディが俺に伝えた彼女の気持ちを、俺は知っている。

――「あなたを、一人の男性として、愛しています……」――

そう、確かに二年前、ミレディは俺にそう伝えてくれた。ちゃんと記憶に残っている。

あれは夢ではなかったのだ。

「二年前……ミレディが俺に伝えてくれた思い、ちゃんと覚えてるよ」

「二年前……」

ミレディは俺の言葉の意味に、一時は疑問符を浮かべるが、しかし俺がそんなことを言うとは思わなかったのだろう、みるみるうちに顔を真っ赤にして、ベッドから立ち上がった。

「…………」

そして努めて無表情に俺から目を逸らすが、顔は耳まで真っ赤なままである。

「な……なんのことかわかんない……」

「ほんとに？」

「ほっ、ほんとっ」

嘘だ……。

無表情でも、見てわかる感情ってあるんだな。それとも彼女の無表情の機微を、俺が見分けられるようになったのだろうか。後者だといいな、などと思うと、不意に自分の顔がほころんだ。

「ど、どうして笑ってるの……」

「あ、いや、戻って来られたんだなと思って」

そう言うと、ミレディはさっきまでの顔の紅潮はそのままで、今度は泣きそうな顔になり、ベッドに座っている俺を抱き寄せてきた。

「もう一人で死のうだなんて考えたりしないで……お願い。私の気持ち知ってるなら尚更……二度と絶対に死のうとしたりしないで……」

やっぱり嘘だった……が、安心した。この二年間で他に男ができていたらどうしようなどという、下らない不安を抱いていたのは事実なのだから。

彼女は、まだ俺のことを好きでいてくれている。

ただその気持ちを俺が知っている云々は別にして、彼女は表に出すのが恥ずかしいだけなのだ。

しかしその羞恥《しゅうち》を超えて、俺の無事を祈る気持ちが彼女の中では大きい。

俺はその幸せに震えた。

「約束だよ」

「うん……」

ミレディは俺を抱き寄せていた手を安心したようにほどくと、王族が俺と話すために謁見の間で待っていると話し、俺を謁見の間まで案内した。

謁見の間には、俺が神級精霊だった時のようにたくさんの貴族がいるのかと思いきや、王族と騎士隊だけだった。

いや、王宮近衛隊と呼ばれる少数精鋭部隊のクシャトリアとアルタイルの姿も見える。

みんな謁見の間の奥、玉座の周りにいて、遠目に俺を見ていた。まるで俺を本物のアスラ＝トワイライトなのか疑っているかのよう。

「いこ……」

ミレディに促され、玉座へ近づくと、今度は玉座の周りにいる集団の中から一人の影が飛び出した。

その者は飛び出すと、ズンズンと力強い足取りでこちらに向かって来るではないか。

長い黒髪、見慣れた黒いワンピースに、その所属を示す白いマントと額当てをつけている。

クシャトリア。

そう名前を口にする前に、彼女はミレディとすれ違うと同時に俺を殴りつけた。

ズドンという轟音が俺の耳には聞こえた。その後はキーンと耳鳴りの音。

殴られたとわかった瞬間、俺の視界は揺さぶられ、気付けば数メートル飛ばされた床で横になっていた。

頬《ほお》がじんじんと痛む。

起き上がろうとすると、しかし手を引っ張られて、何者かに抱き留められた。

が、それもまたクシャトリアだった。

「……」

尻餅《しりもち》をついたような状態の俺を抱き寄せるクシャトリアの腕は、震えていた。

そんな彼女の肩に俺は手を回す。

もっと強く抱きしめられた。

体を離すと、そのまま腕を引っ張り上げられ、立ち上がる。

クシャトリアの目は、少しだけ潤んでいるように見えた。

「このバカアスラが……」

久しぶりに聞いた。

クシャトリアがいつも俺を罵《ののし》る時に言っていたバカアスラ。でも今回のバカアスラは、少し弾んでいるように感じられた。

「ごめん……」

自然と口に出た。

「……うん」

ぎこちない、うん。

二年ぶりの元契約者と元契約精霊。

『人工精霊じゃなけりゃ俺の契約精霊でもない』

俺が二年前、最後に言ってしまった彼女を遠ざけるための言葉。結果、正しい言葉だったのだとしても、言い放った言葉の後悔は残る。

そこに、割って入るようにして来たのが、アルタイルだった。

燃えるような赤毛に、赤い衣服。クシャトリアと同じ所属を表す白いマントと額当ても見える。

割って入るように現れたアルタイルだったが、クシャトリアが俺を立ち上がらせる際に俺の腕を握った手がそのままであることに気付き、一歩退いた。

「お久しぶりです、アスラ様。まさかこうしてまたお目にかかることができるだなんて、夢にも思いませんでした」

変わらぬうやうやしい態度。綺麗《きれい》な姿勢に、自然な笑顔。彼女の不変の誠実さが伝わって来た。

クシャトリアに殴られ、バカアスラと言われ。

アルタイルに二年前と変わらぬ笑顔を向けられ。

それだけなのに、懐かしくて、二人との時間が嬉しくて、我慢していないと泣いてしまいそうだった。

「変わらないんだな……二人とも。すごく安心する。なんだか……すごく……」

いや、我慢などできるはずがなかった。

二年前の別れと、この空白の二年間は、あまりに辛かったのだ。

「アスラ様……泣いているのですか……？」

ずずーっ！

慈愛に満ちたアルタイルの表情を見ると、たまらなくなって、クシャトリアとアルタイルを両腕で思い切り抱き寄せた。盛大に鼻をすすりながら。

「ほんとは、ほんとは死にたくなんかなかったんだ……怖かった、みんなと別れるのも……」

思わず弱音を吐いた。

でも、結果的に俺は死ぬことはなく、精霊になった。

これは運が良かったというだけに過ぎない。

その時に感じた死ぬという感覚は本物だったのだ。

「っ……」

クシャトリアは強く俺を抱き返し、俺の肩に顔を埋めて嗚咽《おえつ》を漏らし始めた。

「それはそれは辛かったでしょう……アスラ様はとても頑張り屋さんですから……。私もアスラ様との別れは、身を削る思いでしたので、お気持ちがよくわかります。でも大丈夫ですよ。王都もミレディ様も、あなたに救われました。あなたが救ったんです。ゆっくりと休んでいいんですからね……」

意外にも、クシャトリアよりアルタイルの方が冷静に再会することとなった。普段クールぶるくせに、クシャトリアって情に厚い女だから、こういう時に格好が付かない。

俺はクシャトリアとアルタイルと抱擁《ほうよう》して、再会の喜びを分かち合った。その温もりは、じんわりと胸の奥に溶けていく。

「アスラ……」

ミレディが先を急《せ》かした。と言っても、クシャトリアとアルタイルと再会する間、待っていてくれたのだ。

そう思ったのだが。

「あんまり他の人とくっつくようなことしないで……」

「え……？」

ミレディは無表情で短く耳打ちすると、また俺から離れた。

困惑したが、そんな暇もないうちに、今度は王族と騎士隊と向き合う形になる。

その先頭に立つのは、エアスリル王国の姫君、ネブリーナ＝エアスリルだ。やはり二年も経つと、人はこんなにも見違えるのか。

二年前の幼さが薄れ、代わりに大人びた決意のある凛々《りり》しい表情と、その態度の表れとも言える姿勢が、彼女の成長を如実に語っていた。

俺とネブリーナを引き合わせ、ミレディは少し離れる。

「……本当に、あなたはアスラ＝トワイライトですか？」

彼女の第一声は、重々しかった。なんと言うか、圧力があった。綺麗《きれい》な声で、通りも良いのだが、肩にズシンとのしかかる重圧。

「そ、そうだよ……」

しかし、それに軽薄に答えるのが、俺と彼女の間柄だった。

姫様になんて口の利き方を……などと、どやす人間はいない。俺は神級精霊である時に、さんざん無礼を働いているのだ。今更驚く輩《やから》もいない。

「経緯は聞きましたよ。死ぬ直前に神級精霊になったと……？　そう言うつもりですか？」

「うん」

「信じるとでも？」

「あんたなら信じるだろうよ、お姫様」

ネブリーナは、疑っているのではない。

ただ、確信がほしいのだ。

それは疑っていることと同義と言えるが、彼女の場合は違う。

そう……ただ、安心したいだけなのだ。

そんな笑顔を、彼女は表情にした。

「だから、私のことはネブリーナと。何度も言ったのに……」

そう言えば、俺は神級精霊の時は人のことを名前では呼ぼうとしなかった。その人を表す記号で呼んでいた。今となってはわからないが、たぶん距離を置こうとしてたんだと思う。

今思うと、なんともったいないなかったことか。

「ごめんごめん、ネブリーナ、久しぶりだな」

その瞬間、ネブリーナの後ろに控えていた騎士隊が、ワッと歓声を上げた。

ネブリーナ姫の再会の言葉が終わるのを、今か今かと待っていたかのように、声は弾けた。

「おかえり、アスラ君」

騎士隊長ランド＝スカイラックだ。一番最初に握手をして出迎えてくれた。

「アスラさん、おかえりなさい」

騎士隊の伊藤……じゃなくて、イートゥー。笑顔でハグしてくれた。

「はじめまして、アスラ＝トワイライト。王都の英雄。あんたがあのうさんくさい神級精霊だったとはね」

そして特別騎士隊の幼児……もといラズが軽口を飛ばす。

「アスラ＝トワイライトのご帰還だー！」「宴の準備だ！」「祭りだ祭り！」「仕事なんてやってられるか！」「アスラ＝トワイライトが帰ったんだ！」

騎士隊員たちは、俺と面識がないにもかかわらず、盛大に迎えてくれた。

俺は……俺と言えば、嬉しくて、懐かしくて、安心して、訳もわからず再び泣き始めてしまった。

「アスラ……」

すかさずミレディが、俺の肩に手を置いてくれる。

「うううう！　ううううう！」

しかし、今度は涙が収まりそうになかった。

そこからの俺はまるで子供だった。

泣きじゃくる子供。

みっともなく嗚咽《おえつ》を漏らし、人目もはばからずにわんわん泣いた。

心から安心した。

自分は生きていた。

またみんなが迎えてくれた。

たまらなく嬉しかった。

頑張って王都を守ってよかった。

ミレディは俺が泣いている間、ずっと抱きしめてくれていた。俺が涙と鼻水で彼女の肩をぐちゃぐちゃに濡らそうとも、優しく頭を撫《な》でてくれた。

しかし、騎士隊の歓声は止まない。

それどころか、俺を包み込んでくれた。

その歓声に、俺は救われた。

俺のしたことはみんなのためになったんだと、死ぬ思いをしたのは無駄じゃなかったんだと、みんなとの別れを一時決意したのは報われたのだと、俺を称えてくれた。

「ううううう！　ううううう！」

嗚咽を飲み込もうとしても、溢《あふ》れ出た。

騎士隊員たちは、変わらぬ笑顔で俺の頭を撫で、肩を抱き、よくやったと背を叩いてくれる。

髪はぐしゃぐしゃになり、暑苦しくて、背中はじんじんするが、それら全てが心地良く感じられた。

「料理人を起こせ！　再会を祝おうじゃないか！」「酒だ！　樽《たる》で持ってこい！」「今日はみんな非番だぁー！」

さらに騒ぎ立てる騎士隊員たち。ランドは笑い、イートゥーの騒いでいる声も聞こえた。ラズも大笑いしている。

が、しかし。

「みなさん！」

ネブリーナの声が響いた。あれだけ騒ぎ立てていた喧騒は、一気に退いた。みんながネブリーナに注目する。未来の女王の一喝であった。

「みなさん、お忘れですか。あなたたちは栄えある騎士隊なのですよ。それにアスラには国王様にも会ってもらわないといけません。解放軍は崩壊しましたが、まだ魔物という危険な勢力は残っています。また、アスラの存在も今は秘密裏なのです。あなたたちの大はしゃぎのおかげでアスラの存在が知れ渡れば、王国はパニックに陥るでしょう」

ネブリーナは、しっかりお姫様をしていた。

彼女は正しい。

解放軍が滅び、危険は一つ去ったからと言って、油断はできない。

最近、魔物が数を大幅に増やしていると聞く。その対策も刻一刻と重要性を増しているのだろう。

「なので、私の部屋で再会を祝いましょう。十分な広さがありますし、防音の魔石もあるので声はほとんど漏れません。国王には宴会がてら、そこで会えばいいでしょう。アスラの存在を隠すため、料理人と給仕たちには暇を与えますので、王城は私たちだけです。盛大にお祝いしましょう！」

と、思いきや、ネブリーナは水を差したかったわけではないようだ。

「「「ワアアアアア!!」」」

さっきの喧騒を上回る勢いで、騎士隊員たちははしゃぎ始めた。なんせボスのお許しが出たのだ。あとは好き放題するだけ。

「ですが、料理は私たちが作らなければなりません！　ランド騎士隊長の指揮のもと、各隊員は食料と酒の調達をしてください！　もちろん食費は王族持ちです！　好きなものを好きなだけ買いなさい！　そして本日に限り、全騎士隊員に非番を言い渡します！　仕事をする者は仲間に入れてあげませんからね！」

ネブリーナが騎士隊をどんどん盛り上げる。

「うおおおおお！」「姫様のお許しが出た！」「今日はハジけるぞぉ！」

何年もの間、騎士隊が神経を擦《す》り減らしながら戦っていた解放軍の危機が去ったのだ。お祝いしなくて何をする。そういう雰囲気だった。

「あはははは！」

ネブリーナも、今日は姫君という身分を忘れ、騒ぎたいらしい。大口を開けて笑い、年相応の笑顔ではしゃぐ。普通の女の子みたいに。

そうと決まれば、騎士隊の動きは迅速だった。

食料リストを作成し、調達班を編成。商業区内の店を班ごとに割り当て、食料調達に向かう。

さらにネブリーナの指揮で、女性隊員たちは厨房に集められた。今ある食料だけで料理の下準備をし始める。

お祝い事に向けた騎士隊員たちの熱意は燃えに燃え上がり、ものすごいスピードで宴会の準備が行われた。

が、問題が起きた。

数時間後のことだ。

一人の騎士隊員が、放たれた矢のごとく速さで国王のもとに知らせに行ったのだ。

騎士隊員は大慌てで言うだろう。

大変です！　国王様！　と。

ラトヴィス国王は大慌てで騎士隊員の案内する場所に向かう。

が、そこはネブリーナ姫の部屋だった。

防音の魔石があるというのに、部屋の中がやけにうるさい。

「どうした！　何事だ！」

ラトヴィスが部屋に押し入ると、あろうことか、ネブリーナ姫は……。

「あ、おとーひゃま！」

酒に酔っていた。

国王はその惨状を目にする。

愛娘の部屋に散乱する空の酒瓶の数々。

たらふく食べられた後であろう空いた皿をよそに、どんどん運び込まれる料理。酒を浴びるように……いや、浴びて飲む騎士隊員。騎士隊長の風格をどこかに落としてきたかのようなランド騎士隊長の泣き上戸。そして彼を説教する酩酊《めいてい》状態の女性隊員。

「な、なんだこの様は。どうなっている……」

当然、ラトヴィス国王は困惑していた。

と、そこで俺は人間に戻って初めてお目通りをした。

「ラトヴィスこーくおーう！　初めまして、俺っちだよ！　アスラだよ！　なんとなんとぉ、あの神級精霊ロップイヤーはぁ、俺っちでしたぁー、でへへへー」

あれ……かしこまった挨拶《あいさつ》をするつもりが、軽薄も軽薄。国王にしてはいけないランボっぽい挨拶ランキングトップ10入りは確実な挨拶をしてしまった……って、なんで俺ってば空の酒瓶を持ってるんだ？

酔ったら大変だから、ミレディにはあれほど飲んではいけないと言われていたのに……

ま、いっか。

「おーーーい！　国王と俺に酒だ酒ぇーーー！」

「ちょ、ちょちょちょっと君、待ちなさい」

「んぇ？」

　国王はやはり困惑している。

「君がアスラ＝トワイライトだね？　ネブリーナからは謁見の間で会う手筈《てはず》になっているると聞いていたんだが……」

　そう言いつつ俺に詰め寄る国王は、俺の酒臭さに顔をやしかめる。

「別にいーじゃない、おとーひゃま！　あはは！　ここが今の王城で一番ホットな場所なの！　だからここでエッケンすればいいじゃないでひゅか！　きゃはは！」

「ネ、ネブリーナ……」

　部屋の椅子にまるで玉座のような飾り付けをして、笑い上戸になったネブリーナを見て、国王は軽く卒倒しかけた。

　そのうちに酒が届いて、俺は国王を近くの椅子に座らせる。

「まあまあ、どぞどぞどぞ」

　そしてさりげなく酒の入ったグラスを手渡す。

　国王は、愛娘のハジけっぷりに圧倒されているようで、茫然《ぼうぜん》自失としていた。その隙に乾杯する。

チン。

小気味良くグラスが音を鳴らす。

「なになになに！　なにアスラ君！　国王様と乾杯してんの!?」「国王様！　俺らとも乾杯乾杯！」

チン、チン、チン、チン……。

国王がネブリーナの酒の飲みっぷりに圧倒されて、抜け殻になっている隙に、近くの酔った騎士隊員たちがわらわらと押し寄せ、普段は決してできない口調で乾杯する。

「アスラ君、だったね……」

国王が、徐々にこの部屋の状況に慣れ、復活し始めた。

「うん？　どうしたの」

「私はもう歳かな……」

そう途方に暮れたように、グラスを口に運ぶ。

「騎士隊の報告書で、神級精霊ロップイヤーは君が『精霊化』した姿だったと知って、私は信じられなかったんだよ。こうして生きている君を目にするまでね」

そう言ってから、グイっとグラスを一気に傾けて空にする。

「もう柔軟な考え方ができないんだ。あり得ないと決めつけ、状況の変化についていけない。娘が酒を飲みまくる姿も、君が生きていた真実も」

愛娘のあられもない姿がショックだったのか、それを皮切りに次々と最近の悩みが出てくる。

というか、国王、顔真っ赤じゃん。

娘と一緒で酒弱いんだ。

が、国王の弱音を騎士隊員たちが聞き付けた。

「何言ってんスか、国王様!」「あんた最高だよ!」「そうそう! 王都は綺麗《きれい》だし!」「他国には攻め込まれないしさ!」「怪盗ノームミストを仲間に引き入れたのは機転が効いてたよな!」「ほら! 国王様! 乾杯乾杯!」

チンチンチンチンチーン。

ネブリーナの部屋は、国王を取り込み、どんどんカオスになった。

翌朝、誰もが酒に溺《おぼ》れて倒れている中、部屋に唯一立っていたのは、一晩中大騒ぎする王族と騎士隊を辟易《へきえき》とした目で見ていたミレディだけだった。

朝、俺は床で寝ているところをミレディに起こされる。

「アスラ……ベッドまで連れて行くから起きて」

「んぅ……」

酒でベタベタになった俺を抱え起こし、部屋まで連れて行ってくれた。

ベッドに寝かせた俺を見る彼女の視線は、俺を徐々に酔いから覚めさせる。

「起きるの？」

「うん……シャワー浴びてくる」

俺が体をのろのろと起こすと、ミレディはすっと俺の腕を取って肩を貸してくれた。

「お酒臭い……昨日のこと覚えてる？」

「うーん……断片的にしか……」

「弱いのに飲むから……」

くすりと笑うミレディの表情を見て、さらに酔いが飛んでいく。

シャワーを浴びながら考えていた。

ミレディが俺を浴室へ見送る微笑み、俺が脱ぎ捨てた服をまとめている姿、俺がシャワーから戻るのを心待ちにし始める仕草。

そしてミレディの気持ちを。

「ううう」

それらを思い出すと恥ずかしさでもだえる。

俺が精霊化してロップイヤーの姿で過ごした約二年。ミレディと出会ったのは、その二年間の最後の最後だ。しかしその短い時間で俺に伝えられた彼女の気持ちは計り知れず、俺の頭に鮮明に刻まれている。

――――大好きだったの！

――すごく好きだった。もうこれ以上はないってくらい……。

ロップイヤーがアスラ本人だとは彼女も、俺ですら知らずに、それらの言葉は贈られたのだ。

そのことをミレディはどう思っているのだろうか。

きっと両想いだ。

しかし小っ恥ずかしさというのはいざという時に足を引っ張る。ぐいぐいと引く。

シャワーを終え、ミレディが用意してくれたのだろう服を着る。

浴室から出ると、真っ先にミレディが目に入った。まさか浴室の前でずっと待っているとは。

目がばっちりと合い、浴室で考えていたミレディの言葉や気持ちが思い起こされ、思わず目を逸らした。顔が赤くなってるのを感じる。

するとミレディもそれにつられるように顔を赤くし、そっぽを向いた。

やはりわかっているのだ、彼女は。

ロップイヤーだと思って俺に向けた気持ちを吐露《とろ》した場面の記憶が、俺に残っているということを。

「姫様が呼んでるって……さっき騎士隊の人が来たよ」

ミレディはそっぽを向いたまま話す。

「俺を？」

努めて普段通りの表情と声音で答えた。

「うん……それと私も」

「ミレディも？」

なんの用件だろうか。今日は昼食で嫌でも顔を合わせるはず。急ぎの用なのだろう。

ミレディと二人で謁見の間……ではなく、ネブリーナの部屋に行くと、重そうに頭を抱えたネブリーナが、椅子に座って険しい顔をしていた。

「おはようございます……」

ネブリーナの重そうな声。会う場所が謁見の間じゃないことにも納得である。

「もしかして二日酔いか？」

「ええ……。あんなにしこたま飲んだのは初めてなもので……何も覚えていません」

昨日のあんたやばかったよ、などと伝えようものなら姫としての威厳が崩れ落ちそうだったので控えた。

「目覚めた翌日にすみません。少し問題がありまして……」

ネブリーナは頭を抱えたまま話す。それは二日酔いによるものなのか、問題によるものなのか……俺は身構えた。

「実は……聖女のミレディを不信に思う声が王都内で上がっているんです……」

「……っ」

くそ……いいや、予測できないことではなかった。だけど、こんなにも早くその声が出るものなのか。

ミレディはやはり無表情。彼女も予想はしていたのだろうか。それともいつもの無表情が貼り付いているだけなのだろうか。

「あなたたちなら予測していてもおかしくはありませんね。解放軍が滅び、解放軍の親玉であるゼフツ＝フォンタリウス……ミレディの父親が騎士隊に捕らえられる。あなたを聖女の役職から降ろすには良い材料です。先日解放軍とゼフツの捕縛が新聞に載ったので、これも時間の問題かとは思っていましたが……予想外だったのは、この早さですね」

きっとミレディなら覚悟はしていたことだろう。

俺が神級精霊だった時、解放軍のアジトに攻め込む直前には、そんな表情をしていた。もう何がどうなっても覚悟はできている。また、解放軍の頭である自分の父親を捕らえ、そのことが世間に知れ渡れば、どういう反感を買うのかも。

彼女はわかった上で、今回の解放軍アジトへの侵入に参加したはずだ。

「わかりました……」

ミレディは表情を一切変えずにぽつりと言う。

「そういうことでしたら、聖女の役職から降ります」

「ミ、ミレディ……あなたはそれで良いのですか？」

ネブリーナの顔には、ミレディとは対照的に焦りや心痛の念が表れている。

「はい……もともと、聖女の役職には何の思い入れもありません。この役職も最初は私の治癒魔法を役立ててくれと王国民が言い出したことがきっかけです。退任も王国民の声によるものなら仕方がありません。退任式の後、王城を出ます……」

若干……ミレディが王国民を皮肉っている。彼女も彼女で、王国民の身勝手な声に思うところがあるのだろう。俺だって頭にきているのだから当然だ。

「すみません……」

ネブリーナも頭を下げるしかできないらしい。

王族……国のトップとして、王国民の声を鎮めることもできるだろうが、ミレディの不信任が挙がる早さから、その意見の大きさが窺《うかが》える。

王族としてその意見を押し込めることは可能であるが、そうすると王族自体に不満が向く。王国の姫としての立場の方が、ミレディの友達としての立場より、今は重要なのだ。

それが、ネブリーナ姫としての意見なのだと、彼女は付け足して教えてくれた。

「しかし、王国民の意見に、はいそうですか、と簡単に言いなりになっては、それもそれで悪手でしょう。一応、ミレディの聖女としての立場を守るという姿勢を王国民には見せますが、予想される結果はさっき言った通りになりそうです」

すみませんが……とネブリーナは最後にもう一度頭を下げた。

と、そこで夢に見た白いウサギの言葉を思い出した。

――その子のそばにいてあげなさい――

俺が考えるべきは、どうすればミレディと一緒にいられるか、ということ。そうだろ？　解放軍のトップがゼフツとわかった今、解放軍自体をゼフツだと認識されている。王国民の解放軍に向けるべき怒りや憎しみの矛先は、ゼフツに向けられている。そしてミレディはその娘だからという理由で、その矛先の一部を向けられている。

あまりにも理不尽ではないか。

俺にできることは、その理不尽からミレディを守ること。本当に必要な強さとは、大切な人を守る強さだと学んだばかり。腕っぷしだけではない。

「なら……」

言うと、ネブリーナとミレディの視線は俺の口元に集まる。

「王族がミレディを守ろうとする姿勢を、さらに不満に思う王国民もいるはずだ……」

ネブリーナの表情に陰が落ちる。

あらら、言い方が悪かったかな……。

「あ、いや、ネブリーナを責めてるんじゃないんだ。ミレディが王城を出る時は、都民の不満が一時的に高まっていそうだと思って」

「おそらく、その読みは正しいでしょう……」

「要は、ミレディに聖女をやめさせろって言って敵視するやつらが少なからずいるんだろ？　じゃあ俺もミレディと一緒に行くよ」

「な……っ」

「え……」

ネブリーナ、ミレディは息を呑《の》む。

「もちろんミレディの意見を最優先にするさ」

「しかし王城を出たところで、民衆の目の前にミレディが現れれば、間違いなく不満のはけ口にしようとする輩《やから》がいます」

「じゃあこっそり王城から出よう。大々的に王城がミレディを見送らない間は、ミレディが王城にいるものだと考えるはず。まあ限界はあるだろうけど」

「し、しかし……顔を晒《さら》せないのはアスラ、あなたも同じです。ミレディに対しても、あなたに対しても、良からぬ考えを持つ者は必ずいます。もし顔を晒す事態に陥ったら、どうするつもりですか……！」

ネブリーナの声にやや熱が込められる。

こうも熱くなれるのは、俺とミレディの身を案じているからだろうと、素直に嬉しかった。

「だから俺も一緒に王城を出るんだよ。元神級精霊だぜ？　何が不安なんだよ」

こんなに物事に無理を通す上で安定感のあるカードは他にないはずだ。

ネブリーナは……悩ましそうに、こめかみを押さえる。彼女の抱える問題とは、ぶっちゃけたところ、ミレディをこれから王城にいさせてやれない、ミレディを王城で匿《かくま》ってやれなくなることなのだ。

そこでだ。元神級精霊という、自分で言うのも何だが、強さ満点の肩書をちらつかされると、ネブリーナは揺らいでしまうのだ。王城からミレディを追い出しても、俺と一緒ならやっていけるのではないか、と。

「た、たしかに……これはかりはアスラにおんぶに抱っこですね、すみません……」

「おいおい、王族がそう簡単に謝んじゃねえよ。友達だろ？」

「は、はい……そうですね。ありがとう」

ネブリーナは肩の荷が少し降りたように、軽やかにはにかむ。

ぶっちゃけたところ、昨日、神級精霊から人間に戻った俺を温かく迎えてくれたネブリーナに恩返ししたいんだ。それと、俺が単にミレディといたいだけだったりする。

「善は急げだ。都民とかに嗅《か》ぎ付けられる前にさっさと支度をしよう」

「ま、待ってください。それを決める前にミレディの意見を――」

「――行く……。アスラが一緒に来てくれるなんて考えてもなかった、嬉しい……」

「ははは……決まりだな」

王城を出るということは、再会を祝ったばかりのネブリーナやクシャトリア、アルタイルたちとまた離れ離れになるということ。

しかしこういう問題は先手を打った方がいい。俺の戦闘スタイルもそう。先手必勝なのだ。俺とミレディの即決の早さときたら、別れの哀愁も帯びる暇はない。

解放軍が滅んで、ゼフツが捕縛されて一週間程度。

俺が目覚めてわずか二日でこれだ。

本当に、俺とミレディは運命に翻弄《ほんろう》され過ぎた。

ミレディと俺が王城を出る準備は着々と進められた。数日後に退任式を終え、騎士隊員たちとの別れも済ませた。

クシャトリアからはもう出るのか、と不満気に言われた。

「俺だってもう少しここで世話になるつもりだったさ」

「それはそれで図々しいな……」

「どっちだよ」

しかしクシャトリアとはこの世界に来てから一番長い付き合いなんだ。最後には何だかんだで俺の事情を汲《く》んでくれるんだよ……。この時ばかりは、クシャトリアに深く頭を下げた。

こうしてミレディは、未公表で聖女からただの女の子に戻った。

元神級精霊と元聖女。なかなか面白い組み合わせじゃないか。

騎士隊員たちが今度は別れの宴をしようと言い出したが、さすがにこればかりは都民にバレないよう水面下で進めていることであるため、ネブリーナが自粛させたらしい。

荷造りはすぐに終わった。

ましてや俺は人間に戻ったばかり。荷物なんて衣類程度だ。そしてミレディに関しても、俺より少し多めの衣類と、必要最低限の物だけ。ミレディの部屋には全然物が置かれていなかったのを思い出した。

極め付けに、俺とミレディは、いつもの服の上に紺色のローブマントを羽織り、人相がわからないように大きなフードを目深に被った。

俺たちが王城を出るに際し、ネブリーナ、クシャトリアとアルタイル、騎士隊から三名、見送りに来てくれた。

場所は王城の裏門。ここから王都内を通らずとも王都から出られる。

「アスラ君、もう出るのだと……姫様から話は聞いているよ。これは我々騎士隊一同から君へ贈りものだ」

ランド＝スカイラック。彼の後ろにはイートゥーとラズもいた。

彼が門出に手渡してくれたのは、音の魔石だった。

「これは同じ音の魔石を二つに割ったものだ。この世でこの二つでしか音のやりとりはできない。離れていても会話ができるものだ。役立ててくれ」

「ありがとう……」

「騎士隊は君ら二人を誇りに思うぞ。健闘を祈る」

そう言うと、ランドはイートゥーたちのもとへ下がった。

入れ替わるようにクシャトリアが来た。何やら大きな箱を持っている。

「なんだよその箱」

「二年前、渡そうとしたものだが、渡せなかった……お前にやる」

彼女の声は、重かった。別れを惜しむというのが、しっくりくる肩の落とし方である。

置かれた箱を開けてみると、中には鎖鎌《くさりがま》が入っていた。

「こ、これは……」

手に取ってみると、これ以上ないくらいに手に馴染《なじ》んだ。それもそのはず、これは俺が二年前にアルタイルと戦うまで、肌身離さずに持っていた鎖鎌……『カイザーチェイン』なのだから。

試しに分銅を振り回してみる。鎌を振ってみる。重さも、形も、空を切る音ですら、二年前のものと同じだった。

「クシャトリア……これをどこで……？」

「二年前、アルタイルがお前の鎖鎌を壊したのを気の毒に思って言い出したものだ」

「違います。クシャトリア様がアスラ様にと考えたものです」

「違う」

「違います」

「違うって言っているだろう」

「照れるところではありません。クシャトリア様が考えた案です」

「もういい……っ！　と、とにかく、バイドンの武器屋を探して、同じものを頼んだんだ。次は壊すなよ……」

鎖鎌を取り出した後の箱を片付けるクシャトリアは、どこか物寂しそうで、哀愁が漂っていた。

「ありがとな。大事に使うよ」

仕方がないとは言え、せっかく人間に戻って、記憶もよみがえったのに、またクシャトリアとアルタイルとお別れするのは心苦しい。きっとクシャトリアも同じ気持ちのはずだ。また、学園にいた頃みたいに、みんなで馬鹿をやりたい。

人間に戻って再会できたのに、こんなに早く王城を出ることに何の意味がある？

お前ならそう思うだろうよ。……いいや、そう言いたげな顔だ。

でも、こうも感じて察しているはずだ。

俺がミレディを最優先にして行動していることを、またその意味を。

「……早く行け」

いつもそうだ。いつだって憎まれ口だ。二年前の王都での別れとは違う。清々しいくらいの憎まれ口。安心する。長い間つれ添ったクシャトリアだからか、わかる気がした。彼女にもらったカイザーチェインを俺は腰に取り付け、ローブで覆った。

もう二度と会えないってわけじゃないんだ。

今はミレディと生きることだけを考えよう。

「アスラ……私からはこれを……」

次にネブリーナが、王城の裏門をくぐる直前でくれたものは、何やら黒い石でできた板だ。大きさは長財布くらい。文字が書かれている。

「『エアスリル王国の王族手形』……なんだこれ？」

「アスラ、それは王族があなたたちふたりの身分を保証する証明書のようなものです。この王国内で、その手形で通れない所はありません。必要があれば、私の名前も好きなだけ使うのです。いいですね、アスラ、ミレディ……？」

「こ、こんな大層なモン、どうするんだよ……それにネブリーナの名前なんて、そうほいほいと使っていい軽々しいものじゃないだろ?」

「いいえ。あなた方には軽々しく使ってほしいのです。もしも、あなたたちに不利益な威張り方をする貴族がいれば、その手形を見せ、私の許しがあると……そう言うのですよ?」

「そ、そんな……」

「これくらいさせてください。友達ではありませんか」

先日の言葉を、逆手に取られた。何ともネブリーナらしい会話運び。

「それに……あなたはやっと人間に戻ったばかりなのに王国の都合でこんなにも早くここを去ることになったのです。これくらい受け取ってくれないと私の気が済みません」

彼女には口で勝てた試しがない。俺は観念した。

「はは……ありがとう」

「ええ。ご武運を」

二年前とはまったく異なる……晴れやかな別れだ。

「行こう、アスラ……」

「ああ」

ミレディに促され、俺たちは王城の裏門を出る。

ここは王都の出口でもあり、神級精霊だった時、こっそり王都を抜けるためにミレディと使ったこともある。

ネブリーナをはじめ、騎士隊三人組、クシャトリア、アルタイル……彼らはいつまでも手を振り続けてくれた。見えなくなるまで、ずっと見守ってくれていた。

念のため、俺たちは王都の城壁から離れた道を歩いた。人が歩いて出来た街道などからは距離を置いて歩いているため、草原の道なき道と呼ぶ方が良いのだろうか。

多少の歩きづらさはあるが、気候にも恵まれ、心地の良いそよ風の中、ミレディと二人並んで歩く。

「アテもなく王都を出たけど、どうする？　フォンタリウスの屋敷にでも戻るか？　ゼフツがいなけりゃ変な空気にもならないだろうし……」

と言ってから、ふと気付く。今のミレディに、ゼフツの話題をして良いものなのだろうか。

今のミレディは、言ってみれば自身の実の父親に存在理由を否定された挙句、その父親が原因で聖女という役職を降ろされた状態なのだ。

察するに、彼女の心傷たるや筆舌に尽くし難い。

「フォンタリウスの屋敷は、売りに出しちゃったんだって……ユフィが言ってたよ。お父様が……その……捕まって屋敷に戻る人もいないからって」

やはり本人も話題にはしにくいか……。

「ご、ごめん……ゼフツって言ってもミレディの父親だもんな……」

ゼフツは悪いやつだ。しかしミレディは全く悪くない。

だから善人のミレディの身内を悪く言うのは、まあ実際ゼフツは悪人なんだけども、ミレディにとっては父親なわけで……ミレディの前でゼフツを会話上どう扱えばいいのか少し困る。

「ううん……お父様はお父様だけど、それだけ。随分前から話してないから、父親って感覚はあまりないかな」

会ったと思えば場所は解放軍のアジトで、私のことを人工精霊にするために産んだとか平気で言うし、と彼女は言う。

「とにかく、フォンタリウスの屋敷はもうないよ。ユフィとソフィは学園でお兄様に付き添ってるんだって。ヴィカさんは……故郷に帰ったって聞いたけど」

ユフィとの会話を思い出そうと上を向いて話すミレディだが、頭を動かす度に髪が風に揺れて、甘い香りが俺を優しく包み込む。

何が言いたいかと言うと、好きな子の香りは良い匂いってことだ……じゃなくて、ゼフツや聖女降任の件については、触れられてもあまり気にもしていないように感じられる。

俺が彼女の支えとして役目を果たせていると考えて良いのだろうか……もしそうだとすれば、これほど嬉しいことはない。

「でもユフィたちには会っておきたいな……アスラはどうしたい？」

俺の気苦労など夢にも思っていなさそうな無表情で、小首を傾げるミレディは、なぜか足取りが軽い。

「俺こそ目的地がないんだ。ミレディの行きたい所でいいよ」

いいの？　とミレディは無表情のまま目をパチクリさせる。それにいいよ、と答えると。

「ありがとう」

たまにしか見られない彼女の微笑みが返ってきた。この微笑みを見られるなら、何にだって「いいよ」と許してしまいそうだから怖い。

魔法学園に戻るのは実に二年ぶり。

俺は二年前の王都の事件で死亡扱いだから、さすがに学園の名簿には名前は載っていないだろう。

しかし、学園で仲の良かった友人たちには、秘密裏にでも何とか俺の生存を伝えられたらいいなと思う。

学園に行くには汽車が早いとミレディが提案してくれた。俺が精霊をやってる二年のうちに、鉄道の整備がかなり進み、色んな路線が完成したのだと言う。王都と学園をつなぐ線路も、その一つなのだとか。

王都の城壁に食い込むように設けられている駅がある。結局、また王都に近づくことにはなるが、外部から乗車するため、旅人扱いで乗車できるだろうと、俺とミレディは判断した。

顔が見えないフードのせいで、駅員には怪訝《けげん》な目を向けられたこと以外、料金さえ支払えば普通に乗車することができた。

支払いは全てミレディ持ちである。ミレディは聖女として王国に尽くしていたため、たんまり金を持っている。さらに王城を出る際に、ネブリーナから気持ちばかりの金貨袋を受け取ったらしい。えらく膨らんだ金貨袋だったが、気持ちばかり、だそうだ。

王族の、それもお姫様の、気持ちとはどんなものか。無一文の俺にも是非ご教授願いたいものだチクショー。

都市ウィラメッカスまではあっという間だった。馬車で丸一日かかるのに、列車で行くと数時間。馬車とは違い、景色を楽しむ余裕すらあった。

街の南側に大きな駅があり、俺とミレディはそこで下車する。

やはり紺色のローブマントは人相を隠せるが、目を引くようだ。しかし逆に見るからに怪しくて誰も近づこうとはしない。結果的に一応効果はあるように思える。いや、そういうことにしておこう。

二年ぶりの魔法学園は少し緊張した。

見慣れたウィラメッカスの街並み。丘の斜面に築かれた街であるため、魔法学園に行くには緩やかな坂道を上る形になる。魔王学園まではウィラメッカスで一番の大通りが続いている。

魔法学園の見慣れたはずの校門は思ったよりも巨大に見えた。

68話　再会と依頼

〈ノクトア〉


学園の昼休み、異母、もといゼミール学園長に呼び出された。

場所は学園長室。

課業時間内に呼び出されるのは初めてだ。

やきもきしながら学園長室の扉をノックする。

「ノクトアね、入って」

ゼミール学園長は応接用のソファに座り、ソフィとユフィが淹《い》れた紅茶を飲んでいた。

ソフィたちは僕と目が合うと、ソフィが一礼し、ユフィは笑顔で手を振る。

この和んだ雰囲気といい、お母様の温和な口調といい、今は学園長ではなく母親として接するつもりのようだ。

「何の用ですか」

「ああ、座らなくていいわ。用をお願いするだけだから。聞いてちょうだい」

ソファに座ろうとすると、待ったの声をかけられる。

話が始まると、ソフィたちは学園長室の入り口の方へさがった。

「何でしょう」

「実は今、あなたにお客が来ているの。あなたといっても、あなたのお父様のことを王国に密告したメンバーに、ですけど」

「ま、まさか……王城からの来客ですか」

「さあ、そこまでは。会ってみないことには何とも……」

「お父様が騎士隊に逮捕された今でもなお、例の密告のことを知っているのはお母様と、密告した僕とロジェ、イヴァン……それとジムにメイドのソフィとユフィだけのはずです……！　王城の者以外にありえません……」

「そうね。受付をした教員の話によると、二人組で……どうも『王族手形』を持っていたらしいわ」

「それならやはり王城の使いですか……！」

「でもね、紺色のローブマントで人相が見えないんだって。かなり怪しいものだから、腕の立つあなたにここまで連れて来てもらおうと思って」

「ここにですか……それだけ怪しいとなると、あまり気乗りはしませんが……」

「大丈夫。一応クレイドルさんたち三人にも用があると言っているらしいから呼んでいるの。こんな狭い部屋で荒事にはならないでしょう」

「はあ……」

いまいち納得のいかない節があるが、とりあえず例の二人組がいる校門へ急いだ。

校門には、確かに紺のローブマントで顔を隠している二人組が立っている。人相どころか、体型や性別すらも判別できず、ローブマントの下に武器などを隠し持たれていてもわからない。

学園長室に行くまでに危険度を少しでも減らし、目的を探らなければ……。

「そこの二人！　入れ！」

そう言うと、紺色ローブマントの二人は校門を潜り、こちらに来た。

しかし妙に警戒心を感じさせない思い切りの良さがある。まるで自分の母校に入るかのような感覚でズンズン来るな……。

「武器を持っているならここで僕が預かる」

すると二人がこそこそと話を始めた。

「なんだあいつ初対面でも威張るのか」

「もう少し我慢して……もしここでフードを外して他の生徒に見られでもしたら大変だから」

内容は所々しか聞こえなかったが、声から察するに、どうやら男女の二人組のようだ。

声色的に、男の方はどうも僕に対してイラついているらしい。

女の方は理性的だ。

「早く」

「ちぇ、わかったよ。これでいいか」

男の方が腰から鎖鎌《くさりがま》を取り出して僕に寄越した。

「ふうん、鎖鎌か。珍しい武器を持っているんだな」

「もらい物でね。丁重に扱えよ。ほれ、この王族手形が目に入らぬかー！」

なんだか……男の方は怪しげなナリをしている割にやかましいやつだな……。それにどことなく聞いたことがある声……いや、気のせいか。

「ああ、もうわかった鬱陶《うっとう》しい。学園長室に案内する。学園長に用件を話せ」

学園長室に連れてくると、ロジェとイヴァン、ジムが集まっていた。

ソフィとユフィが人数分の紅茶を淹《い》れている。

「初めまして。私はここで学園長を務めておりますゼミール＝フォンタリウスです。まずはお二人がどこからいらっしゃったのかお聞かせ願えませんか」

二人に向かい合うようにして立ち、学園長としての口調で名乗った。

すると二人組は部屋の隅から隅まで舐《な》めるように見回し始めた。

いったいどういうつもりだ？

名乗りもせずに部屋の状況を確認するのか。一人一人を見て確認し、最後に女の方が発言した。

「この部屋にいるのは学園長あなたと学生が四人、それにメイドが二人だけ。それで合ってる？　他に人はいない？」

「え、ええ……」

学園長が固唾《かたず》を飲んで答える。

「それなら部屋の扉を閉めて」

この女の方……いやに怪しいな。ソフィたちはどうすればいいのかわからないというように困り顔で訴えるが、言われるままに扉を閉め始めた。

「ノクトアのメイドさん、言う通りにするんだ」

が、ここでイヴァンが口を挟んだ。

「どういうことだ、カヴェンディッシュ君……」

「なんだよノクトアさん。そこのフードの彼女、声聞いてわからない？」

と、そこで部屋の扉が閉められた。

女の方がそれを確認し、ようやくフードを取る。

「ミ、ミレディ……なぜここに……？」

部屋にいる全員が息を呑《の》む。

なぜなら彼女は聖女という役職を理由に王城で匿《かくま》ってもらっているはずなのだから。

解放軍が倒された今、ミレディが狙われなくなったから、という理由なのも頷《うなず》けるが、万一のことがある。

解放軍が滅んだから、はいもう大丈夫、とは決して言い切れない。残存勢力は必ずこの国のどこかにあるはずだ。

「聖女をやめてきたの……。お父様が、解放軍だったから」

そ、それでか……。解放軍のトップにいた父親を持つ娘は聖女に相応《ふさわ》しくない……おおかた王国民からそういった声が上がったのだろう。

お父様が解放軍のトップだったことは、事件の直後だというのに、ウィラメッカスにいたこの僕の耳にも届いたのだ。

王国民からそういった声が上がる時間もあるわけだ。

「ミレディちゃんの事情はわかったわ……で、そっちの人は誰なの？」

ロジェが不安げな声で尋ねた。

「順を追って話すね……」

聖女の役職に就いてからの二年間のことからミレディの話は始まった。長い話になるとのことだったので、みんなソファに着いた。

聖女の仕事も楽じゃないんだと感心し、数ヶ月前の神級精霊と出会った話に驚いた。

そして聞いた。

神級精霊と契約したこと、解放軍のアジトに一緒に乗り込み、お父様を倒し、そして……。

……神級精霊がアスラ＝トワイライト本人だったということを。

「な……なな……そ、それじゃあ……アスラ＝トワイライトは生きていると、そういうことか……!?」

し、信じられない……！

王都を覆った魔障壁の魔力をアスラ＝トワイライトが吸収し、その魔力量により人工精霊になっていただと!?

ば、馬鹿げているぞ、ミレディ！

何かの間違いじゃないのか!?

そう、本音を吐き出したかった。

ロジェが核心をつくまでは。

「じ、じゃあ……そっちの人って……」

この部屋の全員がハッとさせられた。一気にミレディの隣にいる人物のフードの下に、注目が集まる。そして願った。

どうかこの予想が的中しますように、と。

バサっ！

勢いよく外されたフード。

その下には、二年前と変わらぬアスラ=トワイライトの憎たらしい顔があった。

「ご、ごめん……驚かせて」

気まずそうに苦笑いするそれは、まさに奴《やつ》本人のものだった。

「アスラちゃん……！」

いの一番にロジェが抱きつく。

「私、どこか信じられなかったの……！　アンタみたいな馬鹿が死ぬはずないって！」

「わ、わかったからハグはよせハグは！」

やつは、二年前と同じように、苦しそうに笑う。

「ア、アスラ様……抱き締めるのはお気に召さないのですね……」

意外にも、次にアスラに飛び付いた、いや、飛び付こうとしたのは、ソフィとユフィだった。

「い、いやいや、冗談冗談！　ハグは大好きだよ！　おいで！」

「「アスラ様……！」」

「えへ、えへへへ……」

やつめ……ソフィとユフィに抱きつかれて鼻の下を伸ばしていやがる……二年前と何も変わらない醜い顔だ。

「ハグは大好きなんだなアスラ！　俺たちも混ぜやがれ！」

そしてイヴァンにジムも。暑苦しいったらありゃしな――

「――ノクトアも来い！」

「うわぁっ!?」

な、なんで僕まで……。

しかし、二年前には一度も見せなかったアスラ＝トワイライトの顔が、一瞬だけ垣間見えた。それは大勢のハグの中に埋もれて、角度的にも僕にしか見えていないようだが、アスラ＝トワイライトは、確かに雨滴をひと滴《しずく》だけこぼしていた。

「うわぁあああ！　また会えて良かったよォ！　もう会えないかと思ったァ！」

そして一番意外だったのは、大泣きして喜んでいたのがイヴァンだったということ。その男泣きの激しさたるや、僕たちの込み上げて来た感情がスッと引くくらいだ。

僕がみんなの抱擁《ほうよう》から解放されたのは、その数分後だった。

◇◆◇

〈アスラ〉

学園長室にいるゼミールとミレディを除いた面々との抱擁が済み、ゼミールに再会の挨《あい》拶《さつ》をしたところで、ソファにかけた。

学園長室の紅茶を飲むのは二年ぶり。ここにいる全員と顔を合わせるのも二年ぶり。この二年はあまりに長く残酷だったように思える。

「じゃあミレディちゃんとアスラちゃんは、また学園の生徒に戻るの？」

話はロジェの何気ない質問から始まった。

「いいえ……それは無理でしょう」

そう言い切ったのは、ゼミールだった。ミレディとノクトアの母親というよりか、学園長としての言葉に思えた。

「ミレディが聖女を辞したように、私も学園長の席を退くように、と学生の親たちから素敵な意見を頂いています」

ひとえに、ゼフツの家族だったからという枷《かせ》だ。

それにしてもフォンタリウスの女性陣は辞職を求められたら、それを皮肉らずにはいられないのか。

「私も時間の問題です」

ゼミールが学園長にいるうちに再入学すれば間違いなく波風が立つ。

入学しても、必ずゼフツの娘だと爪弾きにしてくる連中はいるだろうと、容易に想像できる。

「大丈夫。ここに長居はしないから」

そもそも、ミレディにはそのつもりはない。

「ユフィに会いにきただけだよ」

「ミレディ様……」

ミレディの言葉に、ユフィがうっとりする。昔からミレディとユフィは友達のように仲が良かった。

きっとその友好関係は、ミレディやゼミールが排斥される世の中になっても、綺麗《きれい》なまま残っている数少ない宝物なのだ。

「お、俺もソフィに会いに来ただけだし」

「ア、アスラ様……？」

「嘘つけ」

「やっぱりこの男は死んでも変わらないんだわ」

ソフィ……なぜ疑問形なんだ。そして短い罵詈雑言《ばりぞうごん》を吐き付けられた。

ち、違うし。

ミレディがまるでユフィだけに会いにきたみたいに言うから、ソフィが可哀想だと思ったから付け足しただけだし。蛇足じゃないし。

しかしこれを口にしようものなら、余計悪いわ、と袋叩きにあいそうだったので自重した。

「でもそういうことなら、ウチが役に立てるはずだ」

と、そこで手を挙げたのはイヴァンだった。

「みんな知ってるとは思うが、我がカヴェンディッシュ家の領主、俺の親父は魔法研究所の所員だ。研究所長をしていたミレディの親父さんがああなってから、しばらく研究所は閉鎖。他の所員にも解放軍との協力関係がないか聴き取り調査をしているらしい」

まあ、世間を巻き込んだこの度のゼフツの大事件は、余波でさえ大きな打撃だったたっちゅうことだ。

イヴァンは続けた。

「ウチの親父は魔障壁を開発した第一人者なんだ。その功績から次の研究所長に任命されたらしい」

パチパチパチ。

「おめでとう」

「やったじゃん」

部屋に疎《まば》らな拍手が鳴る。イヴァンの真剣な話と気の抜けるようなロジェと俺による拍手の温度差がすごい。

「はいはい、ありがとよ。でも話はここからだ……研究所の最高責任者になったわけだが、親父はその責任感からか、今回解放軍のアジトにいた人工精霊を一時的にうちの屋敷で引き取ると騎士隊に掛け合ったらしいんだ」

解放軍のアジトにいた人工精霊……きっとあの青髪の人工精霊のことだ。

確か名前はオリオンと言っていた。

だから王城ではオリオンの話は聞かなかったんだ……。

「人工精霊を引き取る理由に、研究のため、と付けられれば騎士隊は弱いのを知っていたんだ。そのせいで、解放軍の残党が人工精霊を狙ってうちの屋敷にちょっかいを出し始めている。人工精霊の研究なんてやめて、騎士隊に身柄を引き渡すように言ったんだが、親父も頑《かたく》なでな……」

イヴァンは、親父さんとのやり取りを思い出したかのように肩を落とした。

「親父は最近、申し訳程度に冒険者ギルドに、『屋敷警備』の依頼をしただけだったんだが……アスラとミレディ、お前たちがその依頼を受けてうちの屋敷を解放軍の残党から守ってやってほしいんだ」

イヴァンの訴えは切実だった。

「冒険者ギルドに行って、依頼を受けろってことか？　ギルドなんて挟まずに直接警備しに行くんじゃダメなのか？」

「言っただろ、親父は頑ななんだ。冒険者ギルドで依頼を受けた冒険者じゃないと親父が認めてくれないんだよ」

なるほど。

信用できる機関の者じゃないと、屋敷の警備を任せたくないということか。

「それにだ。ギルドの依頼を受けたって形なら、三食寝床付きで報酬もガッポリ。な、悪くないだろ？」

しばらく身の振り方が決まっていない俺たちには持って来いの話だ。

イヴァンの実家で依頼をこなしながら、今後の方針をゆっくり二人で考えることもできる。

俺がミレディに目配せすると。

「アスラがいいなら、私はいいよ」

いつもの無表情、平坦な声で応えてくれた。

「決まりだな」

「助かるぜ、二人とも」

イヴァンは一つ肩の荷が下りたような安堵《あんど》の表情で笑う。

彼も、もともと自分の屋敷のことが落ち着くまでは帰省しようと考えていたようで、この場で直接ゼミールに休学を願い出た。

ゼミールも、もう学園長として長くやっていく見通しがないのか、軽い感じで許可を出した。

「俺は先に屋敷に行ってるぜ。親父が心配だ。親父が依頼を出したのは王都の冒険者ギルドだから、一度王都に寄ってから、うちの屋敷に来てもらう流れになる。二度手間で悪いな……」

「いいさ。報酬に期待だな」

「ははは、親父に言っといてやるよ」

まさに渡りに船とはこのことだ。

これからの生活をミレディとどうしようかと思っていたところに、まるで俺たちがこうなるだろうと見計らったかのように、イヴァンからこの話が持ちかけられた。運が回ってきているとしか思えない。

ミレディが聖女を辞めさせられたり、王城にいられなくなったりと不幸が続いたが、何とか立て直すことができそうだ。

それにこの依頼で報酬が支払われれば、今後の方針に選択肢が出てくる。

イヴァンはさっさと部屋を出て、また後で、と言って先に行ってしまった。

「もう行っちゃうのね、アスラちゃん」

「『お二人とも、ご武運を……』」

せっかく再会できたのに、とロジェは肩を落とすが、俺は今回、自分の生存をこっそり伝えることが目的だったのだ。

その旨を話すとロジェは、またゆっくり来なさい、と笑った。

ソフィとユフィも惜しむ声を漏らした。

「顔見られたくないから、ここでお別れになるけど、会えてよかったよ」

「私もよ、アスラちゃん。それに……生きててくれて、ありがとうね」

「じゃあな、アスラ」

「おう」

ロジェとジムに挨拶《あいさつ》。

ミレディもゼミールと少し話してから、二年ぶりの学園を二人で後にした。

◇◆◇

トンボ帰り。

用を済ませて元の場所にすぐ戻ることを言うらしい。前世の辞書にそう書いてあった。

俺とミレディはまさにそれだった。

王都から都市ウィラメッカスに来た道のりを、そのまま逆行する。

例のごとく、ウィラメッカスの駅でミレディに切符を俺の分も合わせて購入してもらい、駅のホームで列車を待つ。

駅はウィラメッカスから百メートルほど南に歩いた草原に設けられていた。

季節のせいなのか、駅の辺りには花が咲いており、時々吹くそよ風に花弁を乗せて視界を彩る。

そんな心地良い気候を感じさせる景観に、俺たちの格好はまったく似つかわしくない。

紺のフード付きローブマントが顔と体をすっぽりと覆い、人相どころか体型や所持品の有無すらも隠してしまっている。

「ミレディ、切符代ありがとう」

「うん」

フードのせいで顔は見えないが、たぶん無表情なんだろう。

列車を待つだなんて何年ぶりだろうか。前世以来である。スーツを着た出勤中のサラリーマンに、通学中の学生、子供を連れた家族や友達同士で遠出する者など、日本の駅で見られた人たちが、この世界の様式に当てはめられた姿で列車を待っている。

どこか感慨深く、日本を彷彿《ほうふつ》とさせた。

「アスラ……？　列車来るよ」

「ん？　ああ。ありがとう」

「ぼうっとしてたね。何考えてたの？」

見てわかるほど、遠い目をしていたのだろうか。いや、フードで顔は見えないんだったか。

「遠いどこかの星のこと」

「星？」

「そう」

「星、好きなの？」

「あまり考えたことないけど……嫌いではないから、好きかな」

「ふぅん……私も好きだよ」

ミレディに好きと言われ、勝手に鼓動が跳ねる。

別に俺を好きだと言ったわけではないけれど、二年前に言われた言葉を思い返すと、自然と鼓動が速くなった。

列車が駅に停車した。

蒸気機関車が煙を上げる。

駅のホームは一時、蒸気で霧に包まれたような視界になった。

列車から降りる人たちが、列車の扉を開けて出てくる。それを避けてから、列車に乗ろうとしたところ。

「……っ」

ミレディが腕を組んできた。

組んだと言っても、上腕に手を回されただけだ。

「ミレディ……？」

ミレディは無言だった。

さっきの好きは、本当に星のことだったのだろうか。

列車が発進し、王都に向かって走り始めても、車窓から風景を眺めつつ、俺はそのことばかりをぼんやりと考えていた。

◇◆◇

王都に到着したのは、夕暮れ時だった。

王都を囲う城壁が巨大な影を王都内に落としている。王都の景観が昼から夜に変貌しつつあった。

イヴァンの親父さんから屋敷警備の依頼が出されている冒険者ギルドは、王都の西側にある。

王都の城壁に嵌《は》め込まれるようにして建てられている駅を王都側に出ると、商業区が目の前に広がっていた。

駅を反対側に出ると、王都の外であるから、外と通じている駅から王都内に入るにも身分証の提示を求められる。

「……」

ミレディと俺の無言の合図で、王族手形を取り出し、見せることにした。

「お帰りなさいませ」

身分証確認をしている駅員は、予想以上にすんなり俺たちを通した。王族だと思われているのだろう。そのための、お帰り、って言葉だったようだ。

さて、次は冒険者ギルドだ。

ミレディは長年ウィラメッカスで学生をしていたため、王都に足を運ぶ機会はあまりなかったのだという。俺には地の利があったため、冒険者ギルドまでの道は俺が先導した。

「商業区を西だから……こっちだ」

夜を迎える商業区は、がやがやしていた。

夕食を求める都民に向けた飲食店、恋人同士がプレゼントを見て回るための販売店など、客引きを含めて商業区の喧騒《けんそう》は広がっていく。

商業区を西へ抜けると、冒険者ギルドの大きな建物が現れた。

この辺りまで来ると、冒険者だとわかる格好をした者たちが一気に増える。道端で冒険者同士の情報交換、依頼をこなす仲間を探していたり、酒によって千鳥足の者、果てには道で寝ている冒険者もいた。

王都の中で、荒っぽさと酒のにおいが一層強くなる場所だ。

「ミレディ、あれが冒険者ギルド」

「うん……入ってみよう」

しかしミレディは全く動じず、フードの中を覗《のぞ》き込んでも、いつもの無表情である。

「なに？」

「いやぁ、ギルドの雰囲気にもビビらないんだなって……」

「アスラがいるもん……平気」

冷たく言い放たれるが、言葉は嬉しかった。

そっと胸にしまっておくことにする。

ギルド入り口の両扉を開けると、真っ直ぐ行った先にカウンターのあるロビーが見えた。右手側には大人数が座れるテーブルの並んだ酒場があり、大勢の冒険者たちが酒を飲み、食事を楽しんでいる。

肉にかぶり付く大柄の男や剣を磨く筋肉質な女。

ミレディが貴族令嬢として歩んできた紳士淑女たちの落ち着いた人生では、まず交わることのない者たちである。

冒険者ギルドにいるのは、生傷の絶えない筋骨隆々の紳士たち。そして鋭い目つきで剣についた血を拭き取り手入れをしているような淑女たちなのだ。

こっちの紳士淑女は、礼儀作法を学んだり、花を愛でたりしない。生きるか死ぬかの世界でいくつも死線を越えて、血で血を洗う戦いをしてきた。

冒険者ギルドの紳士淑女は、こうであってこそ、お行儀が良いと言えるのだ。

酒場から漂ってくる、むせかえるようなアルコール臭の中をカウンターへ向かって進む。

「なんだあいつら」

「怪しいやつらが王都も増えたわね」

酒場の一部の冒険者が俺たちに反応する。それもそのはず、冒険者は信頼と信用の商売だ。依頼を受けられず食い扶持《ぶち》を稼げなければ、野垂《のた》れ死ぬ。そういう世界だ。その顔を売る商売に、人相を隠したフードの二人組がくれば、声はかけられずとも、値踏みをされるのは目に見えている。

酒場を横目に抜けて、ロビーのカウンターに辿り着いた。

ここでイヴァンの実家が出している依頼を受けるには、ミレディの冒険者登録をしなければならない。

と、目の前にちょうどいい受付嬢がいた。

「すみません」

「はい」

間違いない。

ニコ＝メルカトルである。

二年ぶりだ。冒険者の仕事をしていた頃は、よく世話になった受付嬢である。ボブの栗色の髪をした、明るく快活な若い受付嬢。あと、地図とか書くのが上手そうな名前。間違いなく彼女である。

「あの……依頼の発注ですか？　身分証などをお持ちでしょうか？」

昔を懐かしみ、まじまじと見ていると、怪訝《けげん》そうな目で案内をするニコ。

そうだった。俺とミレディは今顔を隠している。できれば周囲に人がいない場所で話がしたい。

俺は王族手形を取り出して、ニコに見せることにした。

「奥で話したいんだけど」

「お、王族の方でしたかっ！　ご無礼をお許しください！　すぐに部屋をご用意いたします！」

途端にニコは顔を青くする。

資料や案内用紙を取り出して仕事の用意をすると、カウンター奥の扉を開いて、どうぞ、と焦った様子で奥の部屋を勧める。

俺とミレディはカウンターの裏に回り込み、ニコに案内された部屋へ入った。

カウンターの奥は、冒険者ギルドの事務所になっているようで、大量の紙やインク、仕事机が並んでおり、何人もの職員がデスクワークをしている。

「こっ、こちらへ！」

ニコは事務所のさらに奥へと通す。

「ちょっとちょっと、メルカトル君、依頼人を事務所に入れられちゃ困るよ」

「ギルド長、黙っててください！　こちら王族の方々です！」

「王族だぁ？」

ギルド長と呼ばれた中年の男は、ニコに怒鳴られ、困惑するも、あまり信じちゃいないようだった。

ミレディにマントの上からちょんちょんとつつかれ、俺はもう一度、王族手形を取り出してギルド長に見せた。

「こ、こここ、これはとんだご無礼を！　お飲み物は何になさいますか？　紅茶や果実ジュース、お酒なども……」

「結構です。すぐに帰りますので」

ギルド長は、その名の通り、この冒険者ギルドの所長である。そして、俺とミレディは無論、王族ではない。しかし、王族手形には、これほど周囲の腰を低くする効力があるというのがよくわかった。

ここの所長ともあろう者が、ゴマをすりまくっている。

ギルド長の横をさっさと通り過ぎ、奥の無人の部屋へ通された。

部屋はそれほど広くはない。木の壁や床に、部屋にあるのは木のテーブルと椅子が四脚のみ。簡素な部屋だった。

ニコに椅子を引いてもらい、俺たちはテーブルにつく。

「ここで少々お待ちください、ギルド長を呼んでまいります」

「あ、いや、ニコでいいよ」

ニコがさっさと事務所に戻ろうとしたので、引き留めた。そりゃあ、お偉いさんが職場に来れば、職場の中で一番のお偉いさんが対応するというのが筋であるが、俺は身分を隠したいがために王族手形を使っているに過ぎない。

つまり、ここの所長が出張って来なければいけないような、お偉いさんではないのだ。

「わ、私でしょうか？」

「うん。いいから。扉閉めて。ここ座って」

「は、はい……！」

ニコは言われた通りに扉を閉めて、俺たちに対面する形で椅子に座る。

当たり前だが、こちらが申し訳なくなるくらいに恐縮している。

「あ、あの……なぜ私のことを？」

ニコは遠慮がちに尋ねた。

俺はミレディに視線を合わせ、ミレディが頷《うなず》くのを確認してから、話を進めることにした。俺たちの無言のやりとりを、ニコは緊張した面持ちで眺めていた。

「驚かないでほしい」

「はっ、はいっ！」

本当に大丈夫かな。

しかし膠着《こうちゃく》状態では話も進まない。

俺はフードを取った。

「え、え……ええええええッ!?」

◇◆◇

〈その頃、冒険者ギルド事務所では〉

「い、今の……メルカトル君の叫び声だよな……」

「え、ええ……」

「ギルド長、話聞かなくていいんですか？」

「え、でも扉閉められちゃってるのに今更行くの？　相手王族だし、今から入るのは失礼にあたらないかな……？」

「確かに……」

「ちょ、ちょっと様子見てみよう。ね？」

「そんなこと言って、王族の相手するのが怖いんでしょ？」

「何てことを言うんだ君は。ただの事務員にはギルド長の気持ちはわからないさ」

「ホントはややこしい話の臭いがするから、ぜってー相手するの嫌なだけだぜ、ギルド長」

「おい君、聞こえているぞ」

◇◆◇

ニコの大声に、思わず耳を手で塞《ふさ》いだ。

何とか落ち着きを取り戻したニコであるが、まだどこか混乱気味で、視点が定まらない。

「ア、アスラ様……のそっくりさん？」

誰が綾波タイプの初期ロットか。

「本人だよ」

「生きていらっしゃったんですかぁ……？」

ニコが段々涙目になってきた。

この王国には、アスラ＝トワイライトは解放軍の持ち込んだ爆発物から王都を守るために自らを犠牲にして死んだと伝わっている。

「うわぁあああああん！　うわああああああ！」

落ち着いたように思われたが、ニコは決壊したダムのように、感情を溢《あふ》れさせ、盛大に泣きわめいた。

またも俺は耳を手で塞《ふさ》ぐ。

◇◆◇

〈その頃、冒険者ギルドの事務所では〉

「あれ、なんか……メルカトル君泣いてない？」

「泣いてますね……この声は」

「ギルド長、ちょっと中の様子見てきてくださいよ」

「む、むむむ、無理だよ。あの働き者のメルカトル君が泣きわめくって、王族様にどんな無理難題をふっかけられてるかわかったもんじゃない。僕には無理だよ」

「ギルド長が行かないでどうすんですか、うちの職員泣かされてるってのに」

「そうですよ」

「もめ事っぽいし、酒場の冒険者呼んで来ましょうよ」

「いやいや、君たち、ギルド長の立場もわかってよ。辛いのよ？　これでも。もう少し様子見てみようよ。ね？」

「ちっ、これだから根性なしの中年男は……」

「おーい、君さっきから丸聞こえだよ……？」

◇◆◇

ニコが泣き止んだのは、ミレディがニコの口を手で塞《ふさ》いだからだった。咄嗟《とっさ》にミレディがニコの口を塞いでくれなかったら、ニコの叫び声は止まらなかっただろう。下手をすればギルドの職員がここに乗り込んで来てもおかしくはない。

もめ事と思われて酒場の冒険者たちを呼ばれても困る。

「もう叫ばない？」

口をミレディに押さえられたままのニコは、涙目で、こくこくと首を縦にふる。

ミレディはゆっくりとニコの口から手を離した。

「でも……どうして……アスラ様は死んだんじゃ……？」

混乱しているところに、再会した喜びや色んな感情が一度に混ぜ込まれてよくわからない情緒のニコは、何とか言葉を絞り出す。

俺はニコならば信用できると思い、この二年間の経緯をざっと話した。

神級精霊になっていたこと。

ミレディと契約し、解放軍を撃ち破ったこと。

王城にいられなくなったこと。

魔法学園のイヴァンに屋敷警備の依頼を受けるように頼まれたこと。

ニコは終始、真剣な面持ちで聞いていた。

「そんなことが……だからここに……」

ニコは妙に納得した顔をしていた。

自分のことだけど、自分でも強く思う。そんな都合よく生き残るだなんて、嘘くさくてしょうがない。

「疑わないんだ……」

「ええ、だってアスラ様ですもの。ワイバーンと戦って大怪我《けが》した後もケロッとしていたアスラ様なら、大爆発くらいで死ぬわけないって……どこか思っていました」

ニコの話に、なんだか懐かしくなる。

ワイバーンを倒したこと。その時に冒険者のコールソンと出会い、無茶をして怪我したことをレオナルドに怒られたんだ……。

「ニコ……ありがとう」

「いえ……でも安心したら……私また……」

あ、やばい。

ニコか涙目だ。

「うぇえええんッ！　うぇええええ――――むぐぅっ」

俺は咄嗟《とっさ》にニコの口を手で押さえる。

◇◆◇

〈その頃、冒険者ギルドの事務所では〉

「ま、まただ。これで二回目ですよ、メルカトルが泣いてるの。どうすんですかギルド長」

「い、いやぁ、この案件は何だかとてつもなく大変そうだなぁ」

「そんなこと聞いちゃあいないんですよ」

「そうですよ。ギルド長が行かなくていいんですか？」

「いやでもさ、今の声の感じだと、泣こうとしたら口塞《ふさ》がれたって声だったよね。危ないよ。危ない橋だよ。ここは慎重に行こう。メルカトル君の犠牲を無駄にしたくない」

「いや、あの子まだ死んでないんですけど……」

◇◆◇

「アスラ、その手離しちゃだめだよ」

「わ、わかってる！」

「んんんんッ！　んんんッ！」

「ニコ、叫ぶのやめてってば。俺たち顔見られちゃまずいんだって。人が来るじゃん」

血相を変えてニコの口を封じる俺たちの形相に、ニコは若干怯《おび》えているようにも見えた。

ニコが静かになるのを待ち、手を離すと、ニコは大きく息継ぎをする。

「ぷはっ！　もう！　そんなに強く押さえつけないでください！」

「だ、だってニコが叫ぶから……」

「す、すみません……そ、それでは、こちらの方がミレディ＝フォンタリウスさん、聖女様ですか？」

「そう」

ニコに言われ、ミレディもフードを取る。

「わあ、綺麗《きれい》なひ――――むぐうっ!?」

俺は咄嗟《とっさ》にニコの口を手で塞《ふさ》いだ。

が、すぐに彼女の口から手を離す。

「なっ、何するんですか！」

「あ、いや、また叫ぶんじゃないかと……思わず……ごめん」

習慣とは怖いもので、ニコが叫び出しそうだと無意識下で感じただけでも、ニコの口を塞いでしまった。

「……」

ミレディにも冷たい目を向けられてしまう。

「お、おっほん。それでは、アスラ様が今日ここにいらしたのは、ミレディ様の冒険者登録をするため。そしてカヴェンディッシュ家が出している依頼を受けるためですね？」

「そう。さっそくお願いできる？」

「かしこまりました」

仕切り直した俺たちは、手続きを始める。

ニコが机の下からA4サイズくらいの石盤を取り出し、机に乗せる。

「まず、こちらの石盤に手をかざしてください。石盤がその人の情報を読み取り、ギルドカードが作られます」

「はい……」

ミレディが石盤に手を乗せると、石盤に刻まれた文字が短く光り、しかしすぐに光は収まった。

ニコは机の下から新しいギルドカードを取り出し、それに文字が刻まれたのを確認してから、カードをミレディに渡す。

魔法とは、こういう時に便利なものである。

「これで冒険者登録は完了です。ギルドカードは身分証にもなりますので、大切に保管してください。あとは依頼の受注ですね」

ニコは、さっき俺たちをロビーのカウンター奥に通す前に用意した仕事の資料の紙束から、ある依頼の紙を取り出した。

「こちらが先日カヴェンディッシュ家の領主様がギルドにご依頼した屋敷警備の内容です。依頼を受注する冒険者はBランク以上を指定されていますが、アスラ様がAランカーですので、ミレディ様は冒険者登録したばかりですが、アスラ様と一緒の場合に限り、この依頼を受けることができます」

ニコが提示した紙には、朱印で「B」と大きく押印されていた。依頼内容には屋敷警備とだけ簡単に書かれていた。

「詳細は現地で説明があるようです。この場で依頼の受注を承諾という形でよろしいですか？」

「ああ、そうしてくれ」

もとより、俺たちには他に生きていく手段がない。この流れに身を任せるしかないのだ。

「かしこまりました。現時点をもって、この警備依頼はアスラ様、ミレディ様が担当になります。お二人の現地判断で依頼内容を完遂《かんすい》してくださいませ。こちらがカヴェンディッシュ家屋敷までの地図です」

事務的な話になると、ニコは一気に手続きを進めていく。

叫んだり、泣き叫んだりしなければ、仕事のできる女性職員なのだ。ギャップがありすぎて、にわかに信じられないが、これが本来の姿なのだろう。

手続きを諸々終わらせて、後は部屋を出るだけになった時点で、ニコは仕事の資料や道具をまとめて、ひと呼吸置く。そして笑顔を見せてくれた。

「またアスラ様にお会いできて良かったです。他言無用とのことでしたので、大声では喜べませんが、あなたが生きているとわかっただけで私はこれからも頑張っていけそうです。だから……だから……アスラ様も辛いことがあっても……うぅっ、ううぅっ……」

しかしニコの笑顔は徐々に崩れて、泣きそうな顔に。

「あ、これって……」

「アスラ……っ」

「うえええええん！　ぅえええええええ！」

間に合わなかった。

再会があまりにもあっさりしていたものだから、ニコには再会の感動を吐き出す場所もタイミングもなかった。

だからどこに出せばいいかわからない感情が色んなところで爆発するのは理解できるのだが、こればっかりはちょっと……。

「いかがされましたか!?」

そこで、部屋の扉がノックされる。

事務所の人間がさすがに怪しいと感じ取ったようだ。そりゃあ四回も職員が部屋で叫び声を上げてりゃ不審にも思うわな。

「ニコ、ごめん、ここで一旦お別れだ」

ニコの口を塞《ふさ》ぐのは諦《あきら》め、俺とミレディはフードを再び目深に被った。

「アスラ様ぁああ、がんばってくださぁぁい」

鼻水と涙でずるずるになった顔で、ニコは送り出してくれた。泣いたままのニコを放っておくのは気が引けるが、いちいち構っていても、いつ泣き止むのかわかったものではないし、いつ事務所の職員が殴り込んでくるかもわからない。

「ミレディ、行こう」

「……ん」

「……？」

あれ？

なんか、ミレディってば心なしか不機嫌？

しかしゆっくりとミレディに聞く暇もなく、俺はミレディの手を引いてニコのいる部屋からギルドの事務所に飛び出した。

「ああ！　王族様、もうよろしいので？」

「ありがとう、ギルド長さん！　あとニコさんだけど、ちょっと情緒不安定だからよく見ててやって！」

「は、はぁ……」

俺たちの勢いにポカンとした様子のギルド長を置いて、逃げるように俺とミレディは冒険者ギルドを飛び出した。

ニコのいる部屋を飛び出した後も、事務所を出てからも、ニコのけたたましい泣き声は響いていた。
再会の喜びと、俺たちの健闘を祈る、一人の女性による盛大なファンファーレ。
どんな凱旋《がいせん》よりも、どんなパレードよりも、元気をもらった。
いい大人の泣き声であるが、俺はそう解釈することにした。

69話　旅行みたい

ニコにもらった地図によれば、カヴェンディッシュ家の屋敷までは、馬車に乗って二日ほどの道のりがあるようだ。

カヴェンディッシュ領までの馬車は王都から出ている。

「馬車の乗り場も確認できたし、今日は宿に泊まろうか」

「うん……」

やはり……というか、ミレディはまだ機嫌が悪そうに見える。これは見間違いではない。彼女の無表情の中には、確かに曇りが見てとれた。

怪訝《けげん》に俺は思いつつ、宿を探して部屋をとる。料金を払いさえすれば、顔を隠していても宿泊ができるあっさりした受付の宿だった。

食事は決まった時間に部屋の前に置いておくように依頼。ミレディの案で、お互いの状況がすぐに把握できるように同室にしてもらった。念のためなんだとか。その頃からだろうか……いや、正確にはミレディの同室案に承諾したくらいからだろうか……彼女の機嫌は戻ったように見えた。

部屋はベッドと小さなテーブル、椅子が二つの簡素な部屋だった。王城のベッドに比べれば、床で寝ているも同然に感じるくらいベッドは堅い。

しかし、それ以上の問題が一つあった。ベッドが堅いことなど、どうでもよくなるような問題だ。

「ベッド、やっぱり一つだけだな」

「一部屋に二人だもん。仕方ないよ」

なんてことないとでも言うように、ミレディは紺のローブマントを取り、荷を下ろした。

もう一度言うが、部屋はベッドと小さなテーブル、椅子が二つの簡素な部屋だ。

俺が椅子かテーブルか床かで寝ない限り、ベッドは争奪戦場になる。

いや待てよ……これはもしかすると同衾《どうきん》できるこの上ないチャンスなのでは……？

こう見えても元は大和の男だ。男らしく格好をつけてベッドを譲るだって？　笑止千万とはこのこと。片腹痛いよ。女子と合法同衾するこの機会、一緒に寝ない手はない。

「い、一緒に……ベッド使う？」

実際のところ、大和の男だと息巻いてみたものの、考えてみれば、やはり好きな子を同衾に誘うなど、俺が軽くやってのけられる芸当でもなかった。

「……うん、いいよ」

「……っ……っ」

と思ったのだが……予想外にすんなり承諾されると、それはそれで焦るのが大和の男というもの。はっきり言って面食らった。

それからはお互いがお互いを意識しているのが痛いくらい感じる無言の空間が続いた。食事が届いてテーブルで食べる時も、交代で体をお湯で拭く時も、ろくに喋ろうともしないし、後者に至っては背を向け合っていたため、得も言われぬ気まずさが部屋を埋め尽くしていた。

いざベッドに入るとなると、ミレディの良い香りとか、寝る時の服装とか、香りとか、肌の感触が想像できることとか、香りとか、もう色々な期待が混ぜ合わさって、俺は訳も分からずミレディと時を同じくして、ベッドに入った。香りとか。

ちくしょう、なんて情けないんだ、俺は……！

しかし無口な彼女にしては意外なことに、同じベッドに入ってすぐにミレディから話を始めた。

「今日ね……」

「うん」

「アスラのこと、私なんにも知らないんだなって……思ってたの」

暗くてミレディの表情はわからない。どうせいつもの無表情だろうと、俺は寝返りを打つ。彼女に背を向けた。その方が、幾分か緊張せずに話ができそうだからだ。しかし好きなおなごの前で、しかも同衾《どうきん》状態。あくまで幾分か、である。

「冒険者ギルドのニコって人もそう……アスラの人生にはたくさんの人が関わっていて、アスラを支えてたんだって……」

「？」

話が見えないな……。

「王宮近衛隊の二人もそう……学園のお友達も、アスラが親しそうにしている姿が意外で……」

ミレディにしては意外だった。話のつながりがわかりにくいし、何より彼女の意図が見えてこない。普段のミレディなら、言いたいことは歯に衣着せぬ物言いで、すぱっと言っていたはずだ。

「ど、どういうことだ……？」

「えっとね、だから……ごめん、上手く言えないや……」

しかも話を途中で打ち切った。明らかにいつものミレディじゃない。

もう一度寝返りを打ち、ミレディの方を向く。

暗かったため定かではないが、ミレディの顔には不安でいっぱい、と書かれているようだった。

そしてすぐにミレディは寝返りを打ち、俺に背を向ける。

「は、話してくれよ……今のじゃ気になって寝れないじゃんっ！　なっ？」

努めて明るく言う。

ミレディは基本的に無表情で何を考えているかわからない。感情表現がド下手で、気持ちを言うことにも慣れていない。もはやこの歳で、その状態ではコミュ障だ。

しかし、彼女はここで、もういい、などとふてくされる面倒な女じゃないことも俺は知っている。

背を向けたままだが、やはりミレディはまた口を開き始めた。

「あのね……明日からもまた一緒に旅するよね？」

「うん、ギルドでも依頼受けた以上はしなきゃだな」

「この先ずっと一緒に行動するかなって……思うんだけど」

「そうだな。当分の間はお互い別の目的がない限りは一緒だと思うけど……」

「私と一緒でアスラはよかったのかなって……」

「え？　なんで？」

予想外も予想外。

そんな、か弱い女子みたいなことをミレディが考えていたなんて、夢にも思わなかった。いや、実際にか弱い女子なんだけども。

だって……数多《あまた》の男に声をかけられても、無表情で断り、空気を読むとか他人の表情を窺《うかが》うなどとは無縁の冷徹な性格のミレディが、何を弱気なことを……と思わない？　普通。

俺はミレディの新たな一面に、寝ようとしていた眼が冴《さ》えに冴え渡った。

「だって、私、アスラが昔に屋敷を追い出された時、私が支えてあげなきゃって思ったの」

昔って……フォンタリウスの屋敷を追い出された時のことを話しているのか。

「でも……学園で会ったアスラは強くて、友達がいっぱいいて、私の知らないところでたくさん仲間を作って……ワイバーンを倒したとか言ってたし」

「ワイバーンって……ギルドでニコが言ってたこと？」

「そのニコさんって人のことも。アスラはたくさんの人に支えてもらってる。もうアスラには支えてくれる人がいるから……私の支えなんていらないんじゃないかって……思っただけだよ」

「いや、だけだよって……」

「私が支えになろうとなんてしなくても、アスラは大丈夫なんだって思ったんだよ。違う？」

「違うも何も、全然違うよ。だって……この王都を出て身を隠す旅の同行は俺が言い出したんだぜ、そもそも。俺が一緒に来たかったんだよ」

「あ……」

なんかミレディから、そう言えばそうか、と思い出した的な「あ」が聞こえたが……続けていいんだよな？

「だからミレディが一緒にいなくていいとか、支えになる必要がないとか、考えなくていいんだって。むしろ俺が精霊から人間に戻る前も後も、助けてくれたじゃん。ミレディがいないと意味ないよ……」

って言ってわかるかな。

俺も話しててだいぶ支離滅裂な説得になったけど、これでよかったのだろうか。

ミレディがいないと意味がない……言ってから気付いた。我ながら大きく出たものだ。

大胆にも、いないと意味がない、などと……。

顔が熱くなるのがわかった。俺は、いよいよミレディ側を向いているのが恥ずかしくなってきた。

ごそごそと再び寝返りを打ち、ミレディに背を向ける。しかし、その直後に後ろで衣擦《きぬず》れの音が聞こえた。

と同時に、細い腕が俺の体に回されるのがわかった。

「私の気持ち……知ってるんでしょ。二年前の言葉覚えてるくせに……ずるい」

口では不満を訴えながらも、珍しく抑揚のある弾んだ声。

俺の気も知らないで。

いや……向こうの告白をすでに聞いているから、現状は俺の返事待ちという形がしっくり来るか。

「ほんとはね。私の知らないアスラをね……みんなが知ってるみたいだったから、嫉妬《しっと》しただけだなの……」

ごめんなさい、とミレディはそう言う。

安心したように。

いや……そんなの……ずるいだろう。

俺が返事を探しているうちに、ミレディは寝息を立て始めた。人を抱き枕代わりに、すやすやと静かな呼吸だった。

ミレディの言葉と胴に回された綺麗《きれい》な手。

内心翻弄されっぱなし。

ミレディの告白の返事、早めにしなきゃ……。そもそも、俺はなぜ未だに彼女に告白できずにいるんだ。

いや、自分でもわかっている。

俺は自分に自信がないんだ。

いくら神級精霊の力を使えて、圧倒的な武力があっても、好きな子に気持ちの一つも伝えられない弱いやつなんだ。

なぜって？　そりゃあ、拒絶されるのが怖いからさ。

二年前にミレディの気持ちを伝えてもらった。だけどもし、もうすでにその気持ちが彼女の中に無かったら？　遅すぎると言われたら？

ミレディが俺に対して、そんな辛辣《しんらつ》な返事をするとは思えないが、そうとわかっていても俺に自信が芽生えるとも、また思えない。

これはひとえに、前世の記憶があるからだろう。

日本で生きていた頃は、周囲の人間に馴染んで楽しそうに生きていくやつと、そうでないやつがいて、自分は後者なのだと割と早い段階で気付いていた。

前者の人間は社交的な分、出会いも多く、モテるというのが俺の持論。

後者は控えめで目立たなくても良い、一人でも苦にならず、自分の時間を楽しめるが、社交的じゃない分、異性交遊は少なく、得意じゃなければ自分から求めようともしない。

そもそもそんな自信がない。

後者の俺は、そんな前世の経験則を持っていた。

この世界では嫌でも人とつながる。前世とは違い、ネットでもバーチャルでもない。すべてリアル。すべてが現実なのだ。関わっていかないと生きていけない。

でも実際、それを味わってみると、人との関わり合いは意外と良いもんだ。

だからミレディとの関係にも、きっちり決着を付けたいと思っている。

しかし、それは前世の俺のアイデンティティや経験則が関係しないとは全く言い切れない。ミレディに拒絶されて今の関係が終わるのなら、俺はこのままでもいい。心の奥底の暗い部分で、どこかそう思っているのかもしれない。

一歩踏み出す踏ん切りが、つかない……。

自分の情けなさを痛いくらいに感じ、俺が目を閉じたのは、その数時間後。窓の外は朝日が空をやや明るくした頃だった。

◇◆◇

「アスラ……馬車の時間きちゃうよ。まだ寝る？」

俺が目を覚ましたのは、ミレディの声だった。

一気に覚醒する。

「あ、起きた……」

「いま何時!?」

あ、起きた……だと？　呑気《のんき》なもんだ可愛いなチクショウめ。

「八時くらいかな」

いくら呑気《のんき》でも、ちょっと待ってて、とは歌ったりしないか……。

「馬車の時間って八時半くらいだったよな……」

と言うか、俺を起こす際のミレディの「まだ寝る？」と睡眠を促すのはおかしい。俺に甘過ぎない？

「どうする？　もう一日遅らせてもいいよ」

「よくないよ。イヴァンが待ってるし。金もらってやってんだからマズイよ」

ミレディからは次から次に甘い案が出てくる。一瞬でも、もう一日ここでミレディとぐだぐだ過ごすイメージが浮かんだ俺は朝っぱらだと言うのに、疲れているのだろうか。

部屋には一人分の朝食と、一人分の空になった皿があった。

「先に食べたよ？」

「おう。馬車の乗り場に行きながら食べるよ」

顔をさっと洗ってからパンだけ口に含み、着替えを始める。最後にローブマントを着て、着替えを終えると、さらにもう一つパンを片手に宿を出た。

早歩きで馬車まで向かい、何とか定刻に間に合ったようだ。

「危なかったね」

「ああ……寝坊してすまない」

パンを含んだ口で、もごもご謝る。

馬車の御者は中年の男だった。馬車の収容人数を数えてから、乗車を促している。馬車は天幕付きで雨風も防げる仕様になっていた。十人ほど入るくらいの広さだろうか。

「ちょっと、あんたら……」

が、俺とミレディが乗ろうとすると御者に止められる。十中八九、この怪しさが原因だろう。火を見るよりも明らかだった。

「せめて顔くらい見せてくれ。それと身分証も」

やっぱりだ。

「アスラ……王族手形を」

ミレディが耳打ちする。

「わかってる」

「あんたら……なにをこそこそと……」

御者が言う前に、手形を見せた。

すると御者の目の色があからさまに変わる。

「こ、これはこれは、王族の方でしたか。申し訳ありません」

ネブリーナ万歳。本当にどこでも通用するんだ。商人などの間では見慣れたものなのだろうか。

御者の男は、どうぞ小汚い馬車ですが、と一言添え、馬車の一番奥へ通してくれた。運賃をミレディが支払い、ようやく腰を落ち着かせる。

「乗れてよかったね」

またミレディの耳打ち。今日はやけに喋るんだなぁ。

「うん。……そういや、俺が寝てる間は何してたのさ？」

思いつきで聞いてみた。なぜ馬車の時間が迫っているのに起こさなかったのか。本当に純粋な思いつきだったのだが……。

「知りたい？」

「え？　ああ、うん」

そうもったいぶることでもないだろうに。ミレディは口角をわずかに上げた。少し蠱惑《こわく》的に。

「アスラの寝顔見てたの……」

耳元で囁《ささや》くように、ミレディが言う。蠱惑的に……。吐息が耳にかかると、妙に体が熱くなった。鼓動が速まる。顔の紅潮も顕著だろう。

どうしたどうした。今日のミレディはやけに積極的だ。気持ちを隠そうとか、いつもの無表情があまり見られない。

ミレディの言葉に再び心が掻《か》き乱される。ミレディは俺の耳元から顔を離し、今よりさらに顔に影を落とすべく、下を向いてフードで影を作った。

と、その時だった。

「こら、見ちゃいけません」

子を小声で叱る若い女がいた。子供は別に俺とミレディのイチャつきを見ていたのではないらしい。どうやら俺とミレディの怪しげな格好を興味本位で見ていたのだろう。他にも同乗した面々の表情は、子を叱った親と同じように、不審な目で俺たちを訝《いぶか》っているようだった。

これも仕方ない。正体を隠すためだ。

そう割り切ると、間もなく馬車はガタゴトと進み始める。王都を出ると、牧歌的な雰囲気の草原が続いていた。景色は馬車後方の乗車口からしか見えないが、王都はどんどん遠ざかっていった。

王都はやがて小さくなり、一旦森に入る。

その頃には乗客たちは、俺たちのローブマント姿に慣れ始めたのか、和気あいあいと会話を始めた。

どこへ行く、商いで行く、遠い親戚に会いに行くなどと話し、長い馬車の旅に楽しみを見出そうとしている。

馬車の行き先は、エアスリル王国内の各貴族の治める領地数ヵ所。そのうちの一つに、イヴァンの実家、カヴェンディッシュの領地がある。

道のりは長い。乗客各々の行き先や乗車時間は様々であるが、長い旅路を皆無言で過ごすのは苦痛に近い。

とは言え、人相モロ隠しの俺とミレディに話しかける猛者《もさ》はもちろんいないわけで。

話しかけんな、と言わんばかりの怪しいナリをしているのだ。当たり前である。

馬車の客席の空気は、だんだんと温まってきたところで、森を抜ける。すると、岩場が目立つようになってきた。

どうやら緩やかな坂の山を登っているようだ。

「揺れるね……」

「岩場だもんな」

俺とミレディの会話と言えば、この程度。会話を聞かれて正体がバレるリスクを敢えて負う必要もない。俺なんか道中何度か寝てたくらいだ。

ヒヒヒィイィン！

ギギギギ！

と、そこで馬車は急停車した。馬車を引く馬が暴れているようだ。

「お、おい、どうしたんだっ」「おーい、御者さーん」「お母さん、怖いよ」「大丈夫よ坊や。お馬さんすぐにまた歩いてくれるわ」

予告なしの停車に、にわかに乗客たちが騒がしくなる。

「どうしたんだろ……」

「さあ……御者は何してるんだ」

しかしまあ、ミレディは特に焦った様子もなく、いつも通りだ。こういう時、ミレディって肝が据わってるんだよなぁ。

「出ろ」

が、明らかに御者の男とは違うイカツイ男が客席の入口から顔を出した。

「え？」「なんだ……あんた」「御者の男はどこだ……」

当然、乗客は目に見えて困惑した。

が、次のイカツイ男の怒号で、乗客全員は自身の置かれている状況に気付くこととなる。

「黙って降りろコラ！　殺されてぇのかッ！」

そう言ってイカツイ男は、首切り刀を乗客に見せつけた。

強盗だ。

「きゃあああ！」「うわああああ！」「助けてくれえええ！」

そして絶叫する乗客たち。

さすがに隣に座るミレディも、強盗の動向を窺《うかが》う。

「黙らねぇか！　てめぇら黙らねぇとこうだぞッ！」

強盗は躊躇《ちゅうちょ》なく一番入り口に近い乗客に刀を突き刺した。

「ぐっ……ッ」

ビッと血が吹き出る。

刺された男の前に座る子供が血を顔に浴びた。俺たちをチラチラ見ていた子供だ。恐怖と衝撃でわめこうとしたところを、母親が彼の口を押さえる。

ドサッ！

「くそ……」

刺された男は脱力、バランスを崩して馬車の乗降口から地面に崩れ落ちた。悪態を付きながら傷口を手で必死に押さえる。

「よし……降りろ」

強盗の命令で乗客全員が馬車から降りると、馬数頭に乗った強盗に囲まれていた。

「御者も矢でやられてる……」

「大丈夫、あれくらいなら治癒魔法で……」

気付かれないようにミレディに耳打ちすると、心強い言葉が返ってきた。

強盗は十人足らず。馬も人数分いる。

金銭目当ての山賊のようだ。

「これで全員か」

馬車の外に集められた乗客の前に、一際大きな太刀を背負う男が馬に乗って現れた。どうやらコイツがリーダー格だ。

「俺たちはこの辺を縄張りにしている山賊だ。単刀直入に言うが、金目の物は全部置いて行け。抵抗すればアイツみたいに刺されるぜ」

リーダー格の山賊は、馬車で刺された男を顎《あご》で示した。

乗客は泣き叫びそうな声を押し殺し、急いで金貨袋やアクセサリーなどを取り出し始める。

「ミレディ、俺暴れるから、他の人たち頼んでいい？」

「うん、いいよ。アスラが倒すのが早いか、私が刺された人の傷治すのが早いか」

「ようし乗った。勝負だな。あとで俺たちの正体聞かれるだろうから、負けた方は乗客へ説明ってことで」

「わかった……」

ミレディがびっくりするほど動じてない。

王国一のテロリストである解放軍を潰しただけのことはある。

実のところ俺は血を見て少しビビったってのに……。

「オイお前ら！　そこのフードの二人だよ！　お前ら怪しいな！　フードを脱げ！」

「何話してたんだよ、俺たちにも聞かせてくれよ？」

さすがに俺とミレディの話している様子は山賊たちに気付かれた。

俺はミレディに負けじと虚勢を張り、大口を叩いた。

「怪しいだって？　怪しいのはお前らだろうが。どいつもこいつもそろいもそろってアッタマ悪そうだなぁ」

「あ？　んだテメェ……」

おーおー、面白い具合に山賊のみなさんは頭に血が昇っているようだ。

「キ、キミっ、やめなさいっ、殺されてしまうっ」

乗客のうち一人の老人が忠告をくれる。

「そうだぜ。そのジジイの言う通りだ。裸になって土下座するなら半殺しで勘弁してやらぁ」

「へへへ、男の裸なんか誰が見てえんだよ」

山賊たちは頭数がそろっているだけあって、随分と強気だ。

俺は続けた。

「おいおいおい、いいか？　そこのお前の剣を……こいつの足に突き刺す。んでもって、こいつの剣は……そこのリーダー格のケツに突き刺す。それが嫌なら、裸で土下座するんだな。えっへへぇ、野郎の裸なんか誰が見てえんだよぉ〜」

脅してから、山賊の男の真似をする。向こうの怒りを煽《あお》るために、めちゃめちゃ脚色したが。

だけどこういう時、山賊からの答えはだいたい相場が決まっている。

九分九厘、やってみろ、だ。


「やってみ……」ザクッ！　ブスッ！「ぎゃあああああああッッッ！」


首切り刀を持ち主の男から磁力で取り上げ、隣に立つ男の足に突き刺し、突き刺された男の剣は、同様に磁力によって操り、リーダー格の男の臀部《でんぶ》に突き刺した。

宣言通りにしたままである。

それを見て、ミレディが動き始めた。

「なんだコイツ！　何しやがった！」

「くそ！　コイツだけは殺せ！」

途端に焦燥感が露わになり、山賊は襲いかかってきた。

しかしこちらは先手を打って、相手の戦力を二人分すでに奪っている。

一瞬のうちに精霊化した。

青白い光に一気に包まれると、顔の前にウサギの仮面が出現する。

霊基《れいき》で鎖鎌《くさりがま》を生み出せば準備完了である。一番近い男の間合いに一瞬で踏み入れ、腹に拳を入れる。

ズンッ！

ボコ！

「ごっはぁ……ッ！」

踏み込んだ地面の岩が砕けた。殴った男は数メートル先の岩に激突し、糸の切れた人形のように崩れ落ちる。

「野郎っ！」

さらに山賊たちは血気に逸《はや》る。

しかし、考えなしに突っ込んでくる敵ほど、単純で扱いやすいものはない。

ズンッ！

「ぐおぁっ！」

「っ……はぁァ」

「ぐぇっ！」

「ぶふぅッ！」

身体強化と磁力による血流促進を併用し、一度に数人の山賊を伸《の》した。足を刀で刺したやつと尻を剣で刺したやつ以外は、全員腹に拳を少し深めに入れておく。

内臓が揺れて一時的に息ができないはず。

さて残りは……。

「動くなぁッ！」

あーらら。

「動くとこの男を殺すぞッ！」

どうやら残りの山賊は二人。そのうちの一人が、乗客のうち一人の男を人質に取り、ナイフを首元に当てていた。

「お、俺を殺しても何にもならねぇぞ……」

「お前は俺たちが逃げるまで盾になってもらうぜ」

人質に取られた男は抵抗しようとするが、ナイフが首をチクリとかすめると、抵抗を止め、山賊を睨《にら》むだけに止まった。

「くそっ……」

人質の男は歯《は》噛《が》みする……が、精霊化していればナイフが首に届く前に、それを取り上げることができそうだ。

もう少し距離を詰められれば確実。時間稼ぎするか。

「おいおい、やめとけって。すぐに俺が追いつくって。もう殴んないでやるから落ち着け」

「う、うるせー！　このバケモンが！　うちのやつらほとんど気絶しちまってるじゃねえか……許さねえからな！」

「そっちが襲って来なきゃこうはならなかったんじゃ……」

「黙れ黙れ！　この野郎！　顔見せろ！　てめぇの顔を他の仲間に知らせてやる！　夜も眠れなくしてやらぁ！」

「いや……顔はちょっと……」

俺の存在を明かすことは、ネブリーナに固く禁じられている。そう易々と晒《さら》すわけにはいかない。

「なんだ!?　顔も見せられねえってか！　こいつがどうなってもいいのか！　ええ!?」

山賊の男はさらに高ぶり、ナイフの人質の首にきつく押し当てた。一気に血が溢れる。

「がっ……ッは」

くそ……動脈が切れたようだ。出血が多い。ミレディの治癒魔法ならすぐに治るだろうが、出血多量で死んでしまっては、治癒魔法ではどうすることもできない。

山賊の男は激昂し、人質の首を切るのも時間の問題だ。

もう少し近づくことができれば、山賊の男がナイフに力を入れる前に、人質を引き離すことができるのに……。

ええい。ネブリーナのお触れがあったからと言って、人命の危険をみすみす見逃す理由にはならない。

俺が顔を見せる瞬間、山賊の注意が人質から俺に向いた瞬間が勝負だ。

一気に精霊化を解き、フードを取る。ウサギの仮面は青白い光の粒子となり、霧散した。

「なっ……お、お前……」

あれ、山賊は俺の顔を見るなり驚愕してる……？

「アスラ＝トワイライトだ……」

「王都の英雄？」

「でも死んだんじゃ……」

乗客たちも。

山賊が俺の名前や顔を知っているのならば早い。相手が混乱しているうちに人質をかすめ取ることなど、赤子の手をひねるよりもたやすい。

しかしアスラ＝トワイライトの名前は新聞などで知っていても顔までは知るはずが……あ、石像。セイクリッドホールとかいう王都の前の墓園。俺が爆死した時にできた穴らしいが、あの中に確か俺の慰霊碑とかいって白い石像あったはず。石像から現物見てわかるものなのだろうか。

「て、てめえ死んだはずじゃ!?」

山賊は唐突にうろたえ始めた。失礼しちゃうよ、人を幽霊みたいに……と思い至ったところで、ふと思い付いた。力任せに人質を奪い取るよりも効果的な手があった。

「死んださ。でも俺は蘇った……夜眠れなくなるのは本当に俺の方かな？」

「ひ、ひぃっ、ま、待て。お前幽霊か何かか？　死神か？　待て、話そう。俺と話そうぜ！」

なんだよ、俺と話そうぜ！　って。苦しすぎるだろう。

しかしこの世界の連中にも幽霊って概念があるとわかったのは収穫だ。いっそのこと幽霊ってことにしてビビらせてやれば話は早い。

曰く、とあるアメフト漫画の登場人物は言った。ビビらせた方が勝ちだ、と。まったくその通りになった。

戦意を喪失した山賊は、ナイフを捨てて人質になっていた男を解放する。

随分と舐《な》めてかかったつもりだったが、舐め回すくらいで丁度よかったようだ。

腹パンで気絶した連中、刀を足に、剣を尻に刺されたやつらもみんなまとめて霊基《れいき》の鎖《くさり》鎌《がま》で拘束《こうそく》した。

「あとで全員全裸土下座だからな」

鎖で全員ぐるぐる巻きにされた山賊たち。脅すと面白いくらいに怯《おび》えるようになった。こうも戦力差が出ると人って本当にひぃいいいい！　とか言うんだなぁ。愉快愉快。

「ミレディ、終わったよ」

ミレディはと言うと、まだ治癒魔法の途中だった。山賊に刺された乗客の男は治癒魔法で傷は塞《ふさ》がり、意識回復している。今は御者の手当てをしている途中のようだ。が、それどころではない。

「あ……」

言ってから気付いた。

「もう……名前。ダメだよ、呼んじゃ」

人の口に戸は立てられないとは良く言ったものだ。馬車の乗客たちは歓喜する。

「ミレディって……もしかして聖女様ですか！」「だからお顔を隠されていたのね！」「あ、聖女様、ありがとうございます、傷がこんなに綺麗《きれい》に治りました」

ミレディと人の絡みは初めて見たが、本当に尊敬される役職で頑張っていたんだと思った。この度、失職したわけだけども、まだこんなに人気があるのだ。

「王都を解放軍から救った英雄の幽霊と聖女様が……俺の馬車に……！」

矢で刺された馬車の御者はミレディの手当てが終わるや否や、天に感謝を捧げ始めた。

「やめろよ、大袈裟《おおげさ》だなぁ」

「英雄の幽霊さん！　大袈裟なものですか！　今の俺があるのも、王都を守ったあなたのおかげ！　感謝を捧げずにはいられません！」

「なんだよ、幽霊さんって……」

精霊化したり、霊基《れいき》の鎖鎌《くさりがま》を使ったりするのも、俺が幽霊だという勘違いを集団に巻き起こすには良かったのかもしれない。そうかもしれないが、幽霊だと思い込まれているのは地味に居心地が悪い。

ミレディもここではフードは無意味だと悟ったのか、フードを取り、綺麗な銀髪をなびかせた。

「私はもう聖女じゃない。あなたたち国民が望んだんでしょう？」

……どうやら彼女は、微妙に根に持っているようだ。

「そ、そんな！」

「フォンタリウスだからって聖女を辞めろと言うのは一部のやつらです！」

「私たちは命も助けてもらったのです、誰がそんな事を言いましょう！」

山賊の脅威が去った今、乗客たちはミレディと俺に興味津々。この際、順序などどうでもいいが、先に山賊のことを片付けよう。

俺は乗客の輪を抜け、捕らえた山賊たちの前に立ち、霊基の鎖鎌の拘束《こうそく》を解いた。鎖鎌は霊基に戻り、霧散する。

「え……」「俺たち、逃してくれるのか?」「殺さないのか……?」

まあ……そうだ。でも世の中そんなに甘くない。

「まずお前ら全員全裸だ」

「え?」「全裸?」「なんて言った? この人」「でもほら、さっき全裸土下座って……」

「三十秒だ!」

「「はいっ!」」

ささっと山賊たちは服を脱ぐ。恥も外聞もない。生まれたままの姿になった。

後ろをチラッと見ると、ミレディはあからさまに顔をしかめて、馬車の影に行く。女性の乗客や子供もそうしていた。

山賊たちは服を脱ぎ終えると、歴然たる戦力差の前に、自然と整列し、正座していた。

「いいか、お前らは社会のゴミだ。更生しろ。手始めに全裸土下座。そして丸坊主。それから全裸帰宅だ。他の仲間にもその姿を見せてやるといい。そして伝えとけ。もし次悪さを働いた時は容赦しないってな。俺は幽霊だ。お前らがどこで何をしてようと全てお見通しなんだよ。死にたくなけりゃ真面目に暮らせ」

山賊たちはこれから盛大に処刑される。

まずは山賊たちに次の言葉を復唱させた。

「お前らはなんだ」

「「「ボクたちは、社会のゴミです！　トワイライトさんにシめられました！　必ず更生します！」」」

そして山賊たちは深々と土下座をした。

「よし」

こうして、山賊たちは引き続き坊主頭にされ、やがて山賊への制裁は終わる。

全裸の紳士集団が途方に暮れたようにトボトボと帰路につく後ろ姿を見送ったのち、俺の制裁に絶句する乗客たちがいた。

「え……英雄の幽霊がすることはやっぱり違うなぁ」

乗客のうち一人が言ったこの一言は、妙に響いた。

その後は馬車に乗り直し、事なきを得た乗客と御者は、再び和気あいあいと旅が再開した。ただし、今度は俺とミレディも混ぜて。

というか、ほとんどミレディの話題だった。

解放軍を騎士隊と倒した時はどうだった、とか。聖女様のお勤めはどんなでしたか、とか。俺は上手い具合に幽霊扱いで、人には言えない山賊の制裁のこともあり、腫《は》れ物を触るような扱いだったのは、甘んじて受け入れることにした。

ミレディも俺のことは上手い具合にはぐらかし、精霊になっていた期間がある等のあたりの話はしないでくれた。

俺としては幽霊と旅を共にする乗客の神経が理解不能なだけで、それ以外は気楽なものだった。

馬車は夕方まで走り、程よい場所を見つけ、野営をして夜を明かす。

翌日の夕方には目的地に近づいていた。

「もうすぐカヴェンディッシュ領だよ」

馬車の御者がそう言ってから、カヴェンディッシュの屋敷の近くに到着するまではすぐだった。

馬車に乗ってから、二日ともすっかり日が暮れるまで馬車に座って、ケツが二つに割れるところだった……というネタはミレディにスルーされる。

「それでは、聖女様」「お会いできて光栄でした」「ゆうれーのお兄ちゃん！　守ってくれてありがとう、またねー」

乗客たちは先に下車するミレディに敬意と感謝を表し、慎ましく礼をする。対して俺への言葉は例のガキんちょからだけだった。聖女様ってだけでこの差だぜ。参るよなー。

俺はガキんちょにせめて手を振り返して、馬車を降りる。

下車した先にカヴェンディッシュ家の屋敷の方向を示した看板があった。

フードを少し上げると、看板の先に生活光が小さく見える。

「ミレディ、あそこだ」

「うん」

屋敷までの道は茂みに囲まれていたが、しっかりと踏み固められた小道が続いていた。

屋敷の玄関まで、さして時間はかからなかった。

屋敷は日本にある学校のように巨大な建物で、豪奢なレンガ造りをしている。日が沈んでも窓から漏れる灯りで煌々《こうこう》と存在を主張するようだった。

玄関扉を叩くと、執事のようなタキシードを着た中年男性が出た。

王族手形を見せるか迷ったが、俺たちが来た趣旨はまた別にあるので、その旨を先に伝えた。

「ここの領主がギルドに出していた屋敷の警備依頼で来た冒険者です」

「はい、イヴァン坊ちゃまのご学友の方ですね。ここまで遠かったでしょう。どうぞ中へ」

落ち着いた声で中へ案内してくれる執事。俺たちがフードを被っているにもかかわらず、不審な目すら向けて来ない。

内装は外観にも増して瀟洒《しょうしゃ》で豪華な造りをしていた。赤い絨毯《じゅうたん》に、綺麗《きれい》で明るい大広間。

吹き抜けになった二階部分から顔を見せたのは、イヴァンだった。

「アスラ！　ミレディも！　今着いたのか！　セバスチャン、着いたなら俺に真っ先に言えと言ったじゃねえか！」

「申し訳ありません、坊ちゃま。私も楽しみにしていたのです」

「バカヤロウ！　こいつらの前で坊ちゃまって呼ぶな！」

仲の良い主人と執事だった。

イヴァンは階段を駆け下りて来て、それはそれは嬉しそうだった。まるで飼い主の帰りを待ちわびていた犬のようだ。

「お前こんなにいい家に住んでたのかよ、イヴァン坊ちゃま」

俺とミレディはフードを外した。

「てめえアスラ、お前にだけは呼ばれたくねー」

不満を言いつつも、やはりイヴァンは嬉しそうに歯を覗《のぞ》かせている。

「それにしても坊ちゃまの言う通り、本当に仲がよろしいのですね。坊ちゃまに敬語を使わないご学友など、カンツェラー様以来ですな」

「ジムは親同士が仲いいからだよ」

「私はてっきり学園で坊ちゃまが嫌われているのではないかと……」

「あはは、俺は嫌いですよ」

「嘘つけコノヤロ！　俺のこと大好きなくせによ！」

イヴァンがいるというだけで落ち着けた。

客間に通されると、一人のメイドが部屋の隅に立っており、領主と思われる男がソファに座っていた。

「親父！　こいつらが昨日話した俺の友達だ！　屋敷の警備をしにギルドから来てくれたんだ！」

やはりカヴェンディッシュ家の領主。イヴァンの父親だ。

「はじめまして。魔法学園にいた頃はイヴァンに仲良くしてもらっていました。アスラ＝トワイライトと申します。こっちはミレディ」

俺のお辞儀に釣られるように、ミレディも頭をペコっと下げる。んもう、こんな時でも可愛いんだからこの子は。

「息子から聞いているよ。よろしく。ダリク＝カヴェンディッシュだ」

若い父親だと思った。少なくとも、イヴァンと同い年のミレディの父親であったゼフツよりひと回りは若いだろう。

「しかし王都の英雄アスラ＝トワイライトと元聖女のミレディ＝フォンタリウスとは豪華なメンツだね。しかもアスラ＝トワイライトは死んだ人間だ。僕はどうも君たち……特にアスラ君、今はそう呼ぶが、死んだと言われる君を信用できないようだ。なぜここにいる？」

そう言われるかもしれない。ある程度予測はしていた。

イヴァンに視線を向けると、イヴァンは少し焦ったように弁解した。

「すまねえアスラ。お前の存在は王国の中でも機密扱いって言ってたから、俺の口からお前のことを詳しく親父に話していいかわからなかった……お前の口からもう一度説明してくれねえか」

「いいさ」

執事のセバスチャンとメイドの女もいるが、今日から仕事仲間になるのだろう。警備のためだ。俺の身の上を話すなら、二人にも聞いてもらう方がいいか。

「……ダリクさん、俺は二年前の事件で精霊になり、姿を消していました」

「……？」

ダリクは顔をしかめる。説明を続けた。

精霊になった時に人間だった時の記憶がなくなったこと。ミレディと一緒に解放軍を倒したこと。人間に戻ったこと。

これらを説明せずには、この任務は受けられないと思っていた。

元より話すつもり。イヴァンの家族だ。信用できる。

「にわかに信じがたいことだな……」

ダリクは悩むように手を口にやる。

「これはこれは……」

執事のセバスチャン、メイドの女もおののく。

「信じられないかもしれませんが、事実です。どうかご理解を」

「そうは言うがアスラ君……僕はこの説明を聞くまで、息子から今回の話を聞いてから、君を偽者だと思っていた。信じようにも信じられないよ」

ダリクはさらに頭を抱える。

「そう言えば……ダリクさんは魔法研究所の所長になったんですよね」

「あ、ああ。今回の解放軍壊滅で前所長がね……」

ダリクも、一応ミレディの前なのでゼフツの話題は気を遣ったようだ。

「じゃあ人工精霊という言葉は聞いたことがあるはずです」

「聞いたことはあるけど、僕の専門は魔障壁だ。人工精霊の実験の事実も知らなかったんだ」

ああ……魔障壁の開発で技術が認められて貴族になったんだっけか……。

「これですね」

ダリクの専門とやらの魔障壁を、俺はダリクの前のローテーブルの上に生み出す。

「な……ッなな……これはどういうことだ……機材もなしに……」

「二年前、精霊祭で王都を覆っていた魔障壁に稲妻を放ち、俺はその魔障壁の魔力を体に吸収しました」

「そ、そんな……あれは一千万数値以上の魔力で生みだした……いや、もし本当に稲妻を出せるのだとすれば……魔障壁は落雷に打たれた場合、魔力となって雷雲の方へ消えるから……」

ダリクの言葉は途中から独り言へ変わった。しばらく考え込んだダリクの顔には、冷や汗が浮かんでいた。

「き、君の説が正しいなら、君は魔障壁から吸収した一千万数値の魔力で人工精霊になったということだね」

かなり早口だった。冷や汗は興奮から来るものだったらしい。こんな時でも研究者だ。

「説ではない。事実です。なんなら稲妻もお見せしましょうか？」

「ぜ、ぜぜ！　是非頼む！」

食い気味に懇願するダリク。

が、そこに割って入ったのはイヴァンだった。

「親父！　こんなところで稲妻出させてどうすんだ！　しっかりしろよ！　研究のことになると周りが見えてないっていつも言ってるだろ！」

「あ、ああ……すまない。あ、明日だ。明日、いろいろと確かめさせてほしい」

「はい、もちろん」

「セバスチャン、ザジ、彼らをちゃんともてなしてくれ」

ダリクは、執事とザジと呼ばれたメイドに一言添えて、客間を出て行った。

「アスラ様、ミレディ様……どうかダリク様を悪く思わないでいただきたい。奥様を研究所の事故で亡くされてから、研究一筋になってしまわれたのです」

「？　全然気にしないよ。なあ、ミレディ」

ミレディもこくんと首肯する。

「イヴァン坊ちゃまは良い友達を持ったようですな。お二人のお部屋は二階です。ご案内しましょう」

セバスチャンは俺とミレディを二階へ案内する。イヴァンも自然とついて来た。

「こちらがお二人のお部屋です」

彼は一つの扉を指して、ドアを開ける。

「あれ、同室？」

「おや、アスラ様とミレディ様は恋人同士かと思っていたのですが……」

セバスチャンの言葉に、途端に顔を伏せるミレディ。俺も返事をし兼ねていると。

「セバスチャン、こいつらまだ付き合ってないぜ」

「おやこれは大変失礼しました。申し訳ありませんがこちらの部屋しかご用意していませんので、しばらくはこちらの部屋を……」

「とっとと付き合えよなー。ミレディのこと取っちまうぞアス……冗談だ。怖い顔すんなよぉ」

イヴァンはバツの悪そうな顔をしながら、俺の眼光から逃げるようにそそくさとこの場を離れる。自分の部屋に戻ったようだ。

その間にミレディも部屋の中に逃げるように入って行った。

俺もセバスチャンに礼を言い、部屋に入ると、本当にベッドは一つしかない。

まいったなぁ。また合法同衾《どうきん》かぁ。

まいったなぁ。いやいや、こりゃまいったなぁ。

70話　カヴェンディッシュ家の秘密

例のごとく、ミレディと同衾した。

おかげで仕事初日から全開フルパワーで寝不足である。

「おはようございます、トワイライト様」

「おはようございます」

屋敷の食堂でミレディと二人で腹ごしらえをした後、屋敷の外の広場に呼び出された。

広場と言っても、庭のような場所で、誰かが管理をしているようだ。

天気は晴天。気候はちょうど良かった。

広場には、執事のセバスチャンとメイドのザジが待ち構えており、ふと目が合う。

「本日、ダリク様は研究所にご出勤されています。お二人に伝言を頼まれております」

彼は口調こそ丁寧であるが、どこか気迫を感じる。不思議に思いながら、話の続きを促した。

「ダリク様は、トワイライト様とフォンタリウス様の腕試しをしろとおっしゃいました」

「腕試しだって？」

「はい……特に昨日のトワイライト様のお話の信憑《しんぴょう》性を確認するためなのだといいます」

「は……はあ……」

「もし本当に精霊になったのだとすれば、精霊になるべく、魔障壁の魔力を吸い取るために放った稲妻を使えるはず……アスラ様本人だという確証がほしいのです。もちろん、私たちも」

「疑ってるんですか？」

「……イヴァン様のご学友にはそう申し上げたくないところなのですが、正直に申しますと、イエスです。我々執事メイドは主と家を守る使用人です。万が一、ということも起こり得ます。どうか、お手合わせ願いたい」

「いいのかよ……手加減できないぜ」

セバスチャンの敵意に、口調を崩してしまった。

奴《やっこ》さん、どうやら本気みたいだ。ミレディに目配せすると、首肯が返って来る。

「おお、素晴らしい気迫ですな。研ぎ澄まされた威圧感、この重圧……」

「信じてくれた？」

「ええ。ですが、我が主を納得させる材料が必要です。あなたの技をもって、あなたの正体の証明としてくだされ」

「ふうん……」

この執事はあくまでも俺の実力を引き出させるつもりなのだ。

戦闘という手段を用いた品定め。避けることはできなさそう……。

「もう一度聞くけど、いいの？　本気でやって。最近全然本気出してないから加減が上手くできないよ？」

「心配ご無用です。私とザジは元々騎士隊に所属しておりました。その中でも精鋭と呼ばれる部類になります。当初は素手のつもりでしたが、この威圧感……本物とお見受けして、剣と、さらに魔法を使用させていただきます」

戦歴があったところで意味ないんだけど……したいようにさせてやるか。

そもそも俺は元はと言え、神級の精霊だったのだ。神級だよ神級。神なんだよ。レベル的なところが。スプラトゥーンでいうところのウデマエXだよ。

そんなことは意に介すことなく、セバスチャンはルールを説明した。

勝敗は相手の気絶、もしくは降参で決着したものとすること。二人一組で戦うこと。戦闘エリアはこの広場とすること。

急に戦うことになったけどミレディ大丈夫かな。

ミレディに怪我《けが》でもさせたら模擬戦だろうが老人だろうが女だろうが容赦しない……だからこそ、ミレディ参加型の模擬戦は勘弁してほしいのだが……。

「ミレディ、いいのか……？」

「？　なぜ？　アスラが勝つのに？」

そういうことじゃ……いいや、これから二人で過ごすために必要なことなら、何だってするさ。ああ、やってやる。その過程でミレディに怪我《けが》させるような男は、男じゃない。

「準備はよろしいですかな？　トワイライト様」

セバスチャンとザジは片手の剣を構える。

こちらも腰から鎖鎌《くさりがま》を抜き取り、構える。クシャトリアからもらったカイザーチェインだ。新品でも、しっくり手に馴染む。

静かに戦闘は始まった。

腕試しと一口に言っても、これは実戦。剣も鎖鎌も本物だ。精神ダメージ変換もない。斬られれば怪我もする。俺は一層、気を引き締めた。

ミレディも杖を……構えてないな。

俺の視線に気付いたのか、ミレディはこちらに無表情を向ける。

「アスラ一人でも大丈夫でしょ？　どうせなら、アスラの全力が見たいな……」

悪戯《いたずら》っぽく煽《あお》るミレディ。その薄らと表れた蠱惑《こわく》的な表情に、昨日の夜に同衾《どうきん》した彼女の姿が頭をよぎる。

「こんな時に相談事とは、余裕ですな。……それでは、こちらから行かせていただきます……！」

動き出したのは、セバスチャンだった。

◇◆◇

〈セバスチャン〉

「はっ」

開眼した。どうやら自室のようだ。

外は日が暮れかかっている。日中ずっと寝ていたのか。

「情けない……」

コンコン、と扉がノックされる。

「セバスチャン、起きましたか」

ザジだ。

「ああ、今起きたところだ。君は？」

「私も先ほど目を覚ましたところです」

「あのお二人が。イヴァン様に聞いて掃除や洗濯、食事の準備などをしてくださったようです」

「トワイライト様とフォンタリウス様が？」

「ええ」

「そうか……」

素人《しろうと》仕事だとしても、気遣いが正直ありがたかった。

こちらが腕試しと称して二人の力量を測ろうと目論み、惨敗した。だと言うのに、仕掛けた我々を気遣って執事とメイドの仕事を代行してくれたのだ。

なんたる醜態。

油断したどころの話ではない。騎士隊に所属していた精鋭と名乗っておいて、完全に相手の力量を見誤った。

その上、戦闘で負った怪我《けが》まで、治癒魔法で綺麗《きれい》に治されている始末。

これを醜態と言わず何と言う。

「ダリク様がお戻りになられてます。今日のことを報告に行こうと思うのですが」

これほど日々の業務報告をするのに腰が重く感じたことはない。

が、報告するしかなかった。

「ああ……気は進まないが、ダリク様のお部屋に行こう」

ダリク様は、どうやら研究所での仕事から帰って、まだ間もないようだ。部屋に入ると、研究所の制服から着替え終えたところだった。

「で、アスラ君はどうだった？　ミレディさんについては、だいたい想像はつく。ゼフッが解放軍の人間だったことが、彼女の聖女退役を早めたに違いない。王城にいられなくなり、今は冒険者として身をやつしていると言ったところか。しかしアスラ君だ。彼の正体が知りたい」

脱いだ制服の埃《ほこり》を落としながら、話の先を急ぐダリク様。

私はバツの悪い顔をするしかない。

「セバスチャン、お前の顔を見るに、彼はやはり偽物だったか。よくよく考えると、昨日の魔障壁は何か変だった。手品か何かに違いない。お前とザジとの手合わせに彼は敗れ、今回の屋敷警備の依頼を辞退する流れだ。当たっているか？」

ダリク様は、そう推察する。

恐らく、トワイライト様という理解不能な存在が、研究者として許せないのだ。恐ろしいのだ。

それを自分の理解可能な範疇《はんちゅう》の話に収めようとしている。

だが違う。彼は脅威だ。解放軍が滅ぶわけだ。彼が生きているわけだ。それを早くお伝えせねば。

「ダリク様……どうかお座りください。ご報告したいことがございます」

「なんだ、改まって」

ダリク様は部屋のソファに座り、私とザジはその前に立ち、報告を始めた。

◇◆◇

今日の戦闘は私が斬り込んだ瞬間から始まった。

騎士隊現役時代からするとやや劣る斬撃だが、この片手剣では久しく負けていない。

そう思ったが、しかし。

剣を絡め取られたのは一瞬の出来事だった。

剣が何か透明の壁に突き刺さって抜けなくなったかのように、動かなくなった。

「なに……ッ！」

唐突な異変に、ザジがすかさずフォンタリウス様を強襲する。

彼女もかなりの手練《てだ》れ。騎士隊にいた頃はよく彼女の剣技に魅せられたものだ。

が、何ということか……！

「ぬぅおらっ……ッ！」

トワイライト様が振りかぶった鎖鎌《くさりがま》の分銅が、トワイライト様を中心に弧を描くようにしてザジの腹部に命中する。

「がふ……っ」

ザジは遥か後方へ飛ばされ、あまりの強撃に剣を離してしまう。

しかしこれは好機である。

おそらくはトワイライト様の魔法と思われる見えない壁に突き刺さった私の剣は抜けない。ザジの落とした剣を使おうと、剣に飛び付き、トワイライト様を目掛けて……。

「なに……！」

またも剣は動かなくなった。

「面白いだろ？　強力な磁場の壁がそこにあるんだ」

「ジバ……？」

「まあ見てな」

トワイライト様がそう言うや否や、剣は途轍《とてつ》もない力に引き寄せられ、私が先ほど手離した剣に吸い寄せられるようにくっつく。

「磁場ってのは磁性体に干渉するんだ」

「ジセ……聞いたことがありませんな……」

彼は……はっきり言って異様だった。

この緊迫した戦闘の中で、飄々《ひょうひょう》としている。しかし、こちらの一挙手一投足を見逃さず警戒している。

というのに、この余裕の口調だ。

剣はというと、二本がくっついて、触れてもいないのにぐにゃぐにゃに曲がり、剣と剣の境目がわからなくなるくらい、粘土のように混ざり合った。

「誘導電磁や磁場反転……微弱な電流しか生まないけど、瞬時に数え切れないくらい繰り返すと、稲妻だって起こせるんだ。見たいって言ってたよね？」

ただの鉄の球と化した剣は、複数に分裂し始めた。

「お、まだ動けるの？」

ザジが戻ってきた。

「……問題……ありません」

「タフだなぁ。結構強めに分銅叩き込んだと思ったんだけどなぁ」

トワイライト様がそう言うと、一気に周囲に異変が起こった。肌がビリビリするのだ。

こんな感覚は初めてだった。

と同時に、分裂した鉄の球体から小さな稲妻が出る。まるで枝葉が手を伸ばすように、轟音を撒《ま》き散らす。

「そ、それが稲妻の魔法……」

「どうする？　俺が本物だってわかったでしょ？　ここらでやめとかない？」

「トワイライト様、ご冗談を。我々はまだ降参も気絶もしておりません」

強敵を前にした気分の高揚は、久しぶりだった。

「言うね……。ミレディ、離れてて」

「…………」

トワイライト様が言うと、フォンタリウス様は無言で頷《うなず》き、必要以上に距離を空ける。

それを疑問に思う暇もなく、複数の鉄球が強襲して来た。

かなりの速度。目で追うのがやっとだ。私とザジは回避行動をする。あの鉄球は触れれば稲妻をくらう。あれをどう操っているのかは不明だが、反撃の隙を探すしかない。

私とザジは一斉に散って、豪速で追尾してくる鉄球を避ける。広場の木を蹴り、石の柱に身を隠し、すんでの所でかわす。

「歳の割にすばしっこいなぁ」

それは私のことですかな、などと軽口を投げる余裕すらない。

だと言うのに、さらに、鉄球同士の間に稲妻が発生し始めた。

「ッ!?」

バリッ！　バリッ！　バリッ！

高速で飛び回る鉄球と鉄球の間を断続的に稲妻が走る。鉄球を避けても、鉄球に挟まれたら稲妻をくらう。さらに状況が厳しくなった。

魔法を詠唱する暇もない。なんとか反撃の糸口を……！

「ザジ！　援護だ！」

短く言うが、ザジは反応する。

騎士隊時代に鍛えられた反応力。ザジは手近な石をトワイライト様に投げつけた。

が、さすがに彼は反応する。

ガィン！

「な……っ！」

なんと、鉄球を一つ平たく変形させ、盾のように扱い投擲《とうてき》された石を防いだ。

が、私はその円盤状になった鉄の影に隠れて彼に接近する。円盤状の鉄を動かした瞬間に、私が一撃を入れ、形勢逆転する。

はずだった。

「ッ!?」

円盤を動かして彼を捉えようとするも、彼はいなかった。

ゴウッッッ！

代わりに空気を圧縮するほどの速度で移動する何かがあった。

「つぁが……！」

「ザジ！」

次の瞬間、ザジが吹っ飛ぶ。

ザジのいた場所には、足を蹴り上げたのであろう彼の姿があった。

「やるじゃん。解放軍の連中より強いんじゃない？」

これほどとは……。全く動きが見えなかった。全くだ。上を行ったつもりが、さらに上を行かれた感覚。もはや疑いようがない。

彼は本物の英雄、アスラ＝トワイライトなのだ。

「……っ」

ザジに目をやると、静止して動かない。気絶しているようだ。

ズンッッッ！

間髪いれずに、彼は再び高速の世界に消える。

音と空気の震えを頼りにするが、全く見えない。

ガキッッッ！

「……ぐぉ……ッ！」

次の彼の蹴りを腕で受けられたのは、私の反射神経と騎士隊時代に培った戦闘勘の賜《たまもの》だった。が、しかし、右腕が折られる。

数メール飛ばされ、何とか受け身を取って構えると、さらに追撃が来た。

もはや拳が私に直撃して初めて、彼を目で捉えられるほど。それくらいの力量差があった。

今度は鳩尾《みぞおち》に拳をもらい、呼吸もできずに地面を転げる。

「かっ、風の精霊よ、我に力を……！　ウィンド・アロー！」

息も絶え絶えに呪文を唱え、ようやく反撃ができた。

バシュっ！

が、風の矢は彼に触れる前に霧散する。

「ま、魔障壁……ッ」

そう、あれは昨日彼が見せた魔障壁だった。

あの速さに打撃は無意味。魔法も無力化され、太刀打ちできる術はもはやない。

これが……これが王都を守った英雄……。

私は震えた。感動したのだ。

広場を縦横無尽に駆け抜け、残像すら残さないその疾駆に酔いしれる。

フォンタリウス様は広場の端で欠伸《あくび》をしておられる。実質、二対一だ。しかし彼はそんなことはモノともしない。

石の柱を蹴り、こちらに跳躍する彼の蹴りを避けられるものか。防ごうものなら肋骨を折られた。

「ぐぁ……！」

大きく横にながれ、木に衝突したところに鎖鎌《くさりがま》の分銅を打ち込まれる。

地面に転げた私は、もはや起き上がる気力もなかった。

一体どれほどの鍛錬を積み、死線をくぐり抜け、戦闘を勝ち抜けばこの強さに至るのか。

彼は息切れ一つ起こしていない。

彼には、私の相手など朝飯前なのだ。彼にとって、私は何の脅威でもない。そう強く感じた。

まるで手足のように鎖鎌を操り、音速のような速さで視界から消える。

私は遠退く意識の中で、彼の強さに感服した。

◇◆◇

〈アスラ〉

セバスチャンとザジとの手合わせをした日、晩にミレディとともにダリクに呼び出された。

どうしよう。嫌な予感がする。解雇だろうか。

よくもうちの大事な使用人をコテンパンにしてくれたな？

いやいや、腕試しを挑んだのはそっちだし、終わってからミレディが治癒魔法で怪我《けが》を治しているし問題ないはず。

力量差があるとわかっていながら、なぜ戦闘を続行した？

いやいや、途中で腕試しをやめるよう俺は勧めていたはずだ。

しかし執事の腕やあばらの骨を折る必要はあったのか？

そ、それは圧倒的優位な戦闘にちょっと調子乗っちゃって……いやいや、ミレディが治癒魔法で治したのだから問題あるまい。

何も問題はない。大丈夫なはず。

恩を着せるかのように日中は二人の仕事を代行したし、仕事の出来栄えも悪くはないはずだ。

俺はダリクの部屋に着くまで、ぐるぐるとそんなことを考えていた。

ダリクの部屋にノックしてから入ると、セバスチャンとザジもいた。

「あ……あの……」

怪我《けが》は大丈夫か、いつ目が覚めたのかと二人に聞こうとするが、先に口を開いたのはダリクだった。

「セバスチャンから話は聞いたよ、アスラ君」

「え……あ、すみません」

「なぜだい？　謝らないといけないのはこっちの方だよ」

ダリクは特に怒っている様子はなく、代わりに朗らかにそう言って両手を広げてみせる。

「僕は誤解していたようだ。許してくれ。セバスチャンとザジを相手に一人で軽くあしらい、気絶した二人の代わりに使用人の仕事をしたというじゃないか！　実に素晴らしい！　どうやら君は本物だね。王都の英雄アスラ＝トワイライト」

お恥ずかしい限りで、とセバスチャンはバツの悪そうな表情をするが、こちらはどうやら首がつながったようで安堵《あんど》のため息をついた。

「それじゃあ、依頼は……」

「もちろんお願いしよう。報酬も用意させてもらうよ。何と言っても英雄様が屋敷を警備してくれるんだ。なかなか巡り合わせというものはわからないものだ」

その言葉に心底ほっとしたものだ。

ミレディとお互いを見合わせ、小さく笑う。ミレディの、良かったね、という労いが心地よかった。

「ありがとうございます」

「こちらこそ、うちのような貴族に成り上がっただけの元平民の家の依頼をよく受けてくれた。ということはあれだ……君が精霊になったという話にも、かなりの信憑性《しんぴょう》が出てくることになる」

そこまではまだ信じていない……しかし問題はない。

ここに至る過程や、俺がどういった経緯で精霊になり、人間に戻ったのかなどの事情はどうでもいい。

依頼を受けられる。

この屋敷に置いてもらえる。衣食住が確保されたということだ。しばらくは生活に困らなくて済む。

「さて、ここからが本題だが、今、この屋敷では君たちが解放軍のアジトで戦ったとされる『人工精霊オリオン』を収容している。魔法研究所の施設を一部ここに移したに過ぎないが、守りは確かだよ」

これには少し驚いた。今日も屋敷を外からも内からも見たが、そのような施設や設備は一切見当たらなかった。

外部にばれないよう、巧妙に隠しているのだ。

「オリオン……彼女にはもう戦闘の意図はない。大人しいものだよ。というのも、精霊としての力を使えないというのが、最近の聞き取りで判明したんだ。その原因を、直接戦った君たちにも調べてほしいんだ」

聞いてみれば、なんてことのない話だった。

精霊の力も、戦闘の意志もない、もはやただの少女と化したオリオンから話を聞けばいいだけのこと。

俺は高をくくっていた。

「ええ、いいですよ」

「ありがとう。そう言ってくれると思ったよ。明日、実際に会って話してもらえるかな。研究者ではない者の意見も重要だからね」

　俺がそれに了承すると、セバスチャンが仕事の話はこの辺で、と言って、俺たちは食事を勧められた。

　ダリクの部屋を後にしてからは、イヴァンにも事の顛末《てんまつ》を話した。しかし彼はこうなることは、ある程度予想していたようで、驚くことなく、労ってくれた。

◇◆◇

　翌朝、例によって俺は寝不足だった。

　結局、まだミレディと同室なのだ。同衾《どうきん》なのだ。セバスチャンのやつ、昨日部屋を用意してくれって話ちゃんとしてんのかな。

　ミレディは俺と対照的に健康そうだ。白いが血色の良い肌。気だるげにしていても澄んだ瞳が際立っている。俺が精霊やってる間に成長した背丈。俺より少し背が高い。そう考えれば、二歳年上のお姉さんなのか。

　それはそれで……。

いやいや、こういう思考にすぐ陥るのがダメなんだって。そのせいで夜興奮して寝られてないんだから。

「おはようございます、トワイライト様、フォンタリウス様」

「よぉセバスチャン。朝イチでこんなこと言いたくないんだけどさ……」

「はい、なんでしょう？」

言え。今日という今日はガツンと言ってやる。部屋をミレディと分けろとここに来た時に言ったの覚えてねえのかって。

ほら、言え、言ってやれアスラ。貴様、部屋の件、忘れてんじゃねえだろうなって。

「き……き、今日の朝飯なに……？」

ヘタレが。

「おやおや、これは大変。よほど空腹のようだ」

「そうなんだよ、腹減っちゃって」

くそ、大事なところで日和やがった。

いや、ミレディとの同衾《どうきん》を捨てきれない俺の煩悩が邪魔をするのだ。天理大学のラガーマンばりに俺の矜持《きょうじ》の進行を邪魔をしてくる。

そもそも、ミレディはどんな気持ちで床を俺と共にしているのだろう。

きっと……ミレディが俺を好きだという感情は二年前から変わっていない……え？　そ

うだよね？　だってそんな感じの思わせぶりな発言してたよね？

前世通算でモテたためしがない俺にとって、ミレディが俺に好意を持っている、という認識を持ち続けるのは至難の業だ。自意識過剰なのではないか、自分の勘違いではないか、そういう思考にすぐに陥るからだ。

ミレディは基本的に無口無表情だから、気持ちの確認が容易ではない。だから俺とミレディの間の会話も当然少ないため、俺は考える時間が増える。考えれば考えるほど、ネガティブな思考になるという負の連鎖をループしているのだ。

本当に、近いうちにミレディに俺の気持ちも伝えなきゃな……。

朝食はミレディと一緒に摂った。ダリクは研究所の仕事に行き、イヴァンもそれを手伝いに行っているらしい。

俺は昨日ダリクに頼まれていた人工精霊オリオンとの対話をすることにした。仕事は午前に終わらせ、午後休にする。日本の社会人ならその優越感がわかるはず。つまり仕事を早く終わらせるに越したことはないのだ。

ダリクの言う通り、屋敷の中には忽然《こつぜん》と研究所の内装と同様の廊下が表れる通路があった。

白い硬質な壁。その先に扉があり、隙間から照明の光が漏れている。

中に入ると、真っ先に目に入ったのは鉄格子だった。堅牢な鉄の牢屋の中に、彼女はいた。

「人工精霊オリオン……」

そう口にすると、牢屋内に座る彼女は顔を上げ、俺を睨《にら》み付ける。

特徴的な青い長髪。布地の少ない白い服。まあ……申し分なく美人だ。人工精霊っての
は容姿が優れているという自説はどうやら的を射ているらしい。特に服の隙間から見える
煽情《せんじょう》的な太ももが……ごほんごほん。

「あなた……解放軍アジトの最下層にいた……」

「覚えてくれてるんだ。嬉しいなあ」

「ええ、悪い意味で、ですが」

「だろうね」

さっそく本題だ、と切り出して俺は話を始めた。

「何でも精霊の力が使えないとか」

「はい……というか、なぜあなたがここに？　いつもは研究所の方々だったのに」

「お前と直接戦った俺からも話を聞くように頼まれたんだよ。まあ仲良くしようぜ」

「誰があなたなんかと……」

「ふうん。じゃあ精霊の力がなぜ使えないのか知りたいと思わないんだ？」

「え……？」

「俺ならその原因が何かくらいはすぐにわかるんだけどなぁ」

「は？」

「ま、いいんだけどね。知りたくないなら知りたくないで」

「ちょ、ちょ、ちょっと！　教えて！　教えてくださいよ！」

「戦った時も思ったけど、お前余裕がなくなったら人が変わるんだな」

「ほ、ほっといてください！　で、原因は？　なんですか！」

「よく考えてみたか？　最後にあんたの無属性魔法……瞬間移動を使ったのはいつだよ？」

　そう尋ねるや否や、オリオンはハッとした顔で目を見開いた。

「そうだわ！　あなたと戦った時です！　あの時が最後のはず！　気がついたらここにいて……瞬間移動ができなくなっていた……」

　頭で整理できたのか、言葉尻の声は弱々しくなった。……と思いきや、俺に噛《か》み付く勢いで鉄格子の間から腕を伸ばし、俺の胸ぐらを掴《つか》んでくる。

「あなた！　解放軍のアジトで私に何したのですか！　あなたが妙な魔法で私の魔力を吸い取ってから、私は精霊の時の感覚がない！」

　彼女の顔には原因は俺にあると書かれていた。

　しかし、その通りなのだ。俺の結論はこうだった。

「あの時、解放軍のアジトで戦った時、俺はお前の魔力を全部吸収したんだ」

「それに何の関係が？」

「人工精霊ってのは人間に一千万数値の魔力を無理矢理入れて、人間が精霊になったものだよ。逆に一千万数値以上の魔力を無理矢理吸い取られたら？」

「何を訳のわからない……」

オリオンは最初、何を訳のわからないことを、とドヤすつもりだったのだろう。しかし、話の内容を理解するにつれ、彼女の顔が青ざめていった。

「な、ななな、何てことを……それじゃあまるで、あなたは私が人間に戻っているとでも言っているようなものではありませんか……」

「そう言ってるんだよ」

こいつもアルタイルと同じく、人間より精霊のままでいたいタイプなのだろうか。随分とショックなようだ。

「だから瞬間移動が使えなくなっていたのですね……」

「確かに便利な能力ではあったな」

うんうん、と頷《うなず》き、俺は腕を組む。どうやら余程の衝撃だったようで、少し涙目だ。

「私は孤児だったんです」

「??」

あーらら、語り出しちゃった。俺はカウンセラーでもなければセラピストでもない。このエピソードの中に何か有力情報があればいいんだけど。

「それを解放軍で拾ってもらえて……」

「いや拾ってもらったってお前……アイツらは姿を消しても社会的に問題にならない実験体が欲しかっただけなんじゃ？」

「それでも良かったんです。私を必要としてくれれば……」

これは聞くところまで聞くしかないかな……それでは始まります、第一回アスラの相談コーナー。最初の相談者は、元人工精霊で解放軍にお勤めなさっていたオリオンさんです。

俺はせっかくだと思い、カウンセリングを始める。

「でも解放軍だぜ？　悪いことしようとしてたんだ」

「それでも……それでも私にとっては家でした」

この子……大人びた見た目に反して一度弱ると、とことん乙女である。

「あのなぁ、解放軍はミレディって女の子の治癒魔法が強力なのを知って、その子を人工精霊にすればその力を増幅、さらには不老不死の力につながるんじゃないかって企んでたヤベェやつらなんだよ？　その辺わかってる？」

「ミレディさんは……例の聖女様ですか？」

おや、意外なところに食いついたな。

「うん。もう今は聖女じゃないけど。解放軍のアジトの最深部で会っただろう？」

「ええ、覚えています。彼女はあなたの婚約者か何かですか？」

「ええ？　そう見える？　そう見えちゃうかぁ、そっかぁ……」

思わず、たはは、と笑いながら頭を掻《か》く。他から見ればそんな風に見えているのか、と少し嬉しくなる。

「何ですか急に。気持ちの悪い……」

「……」

くそ、急に心に刺さる言葉を言いやがる。こいつは元敵なんだぞ。アルタイルも元敵だったけどアイツはいいやつだ。こいつはアルタイルとは違う。こいつは元敵、元敵、元敵……。

「いや、彼女はただの……」

ふと、困った。

俺とミレディの関係を説明する時に、どう説明しようかと迷ったのだ。

「ただの、なんですか？」

関係性を言えば、友達以上恋人未満。

しかし俺の立場的にはミレディの俺に対する好意も、俺のミレディに対する好意も知っている。

さらに、たぶんだけど……ミレディはまだ俺のことが好きでいてくれている。でもそれに応える自信がないんだ。

もし俺の独りよがりだったら？　この空白の二年で彼女の気持ちが実は冷めていたら？　人間に戻ってからは、私の気持ち知っているくせに、とは言われたものの、二年前のように、愛している、とは言われていない。

前世通算で恋愛経験のない俺には、それだけで不安要素は十分だった。

「あ、いや……」

「ハッキリしませんね。戦っていた時は堂々として格好良かったのに」

「え、あ、そう？　でへへ」

「……」

だからそーゆーとこが気持ち悪いっつってんのわかんねぇのか、とでも言うような侮蔑《ぶべつ》の目を向けられた。

「まあ……私が人間だった頃には、少なくともあなたのようなタイプの人はいませんでしたから、新鮮に映っていたことでしょう」

「そういうもんかねぇ」

「ええ、そういうもんです」

いったい俺は何の話をしにここに来ているんだ？

俺はコイツと対話しに来たのは、人工精霊がどうだとか、解放軍がどうだとかの話をするためだったはず……。

というか、今コイツなんて言った？

いつから恋バナになったんだよ。

「もしかして、お前人間の頃の記憶あるの？」

「？　ええ。もちろん」

さも当然だと言うかのようにキョトンとするオリオン。

クシャトリアにアルタイル、俺だって人間の頃の記憶はなかった。こういうパターンもあるのだと意外に思う。

俺はミレディと出会わなければ、人間の頃の記憶を取り戻せていなかっただろう。

「へぇ、珍しいこともあるもんだ。俺の知ってる人工精霊はみんな人間の頃の記憶はないのに」

「人工精霊を知ってるですって？　人工精霊などと珍しい存在、そうそう会えるものではありませんよ？」

「それもそうだ。けど解放軍と戦ってたら人工精霊は珍しくなくなったよ。何を隠そう、俺も人工精霊だったんだ」

「はい？　あなたも解放軍に実験体にされたクチですか？　あなたの記録はなかったように思いますが」

「まぁ色々あってね。俺は自分で精霊化できるんだ」

オリオンにどうやって？　と言われる前に、実際にやって見せる。

瞬時に青白い光の粒子に包まれ、精霊化する。ウサギの仮面が顔に、霊基《れいき》の鎖鎌《くさりがま》は手に出現した。

「な……っ、あなたが私にした攻撃にはそんなカラクリが……」

オリオンは驚愕しつつも、腑に落ちたようにため息をつく。

「あれは攻撃じゃないんだけどね。俺は自分を鎧《よろい》にして人に装備させることができるんだ。でもそれはいつもできるわけじゃなくて、お前の場合はわざと失敗作の鎧を装備させて魔力を吸い上げたってだけ」

「うう、あんな破廉恥《はれんち》な装備をさせられるなんて……思い出しただけで恥ずかしい」

「いやいや、あれはあれで似合ってたよ」

「私を口説こうとしているのですか？」

「するか！」

「ミレディさんという女性の方はどうでもよくなったのですか？」

「だから口説いてないって」

「でもそれも栓の無いこと……人間だった頃の私はモテましたから」

「あんた孤児だったんだろ？」

「孤児院や近所での話です」

まあ確かに？　容姿に関して言えば、敵であるのがもったいないくらい美人だとは思う。服装からもわかるが、スタイルもモデルみたいだ。顔は小さく、足が長い。切れ長のきりっとした目に、すっと通るような鼻梁、形の良い口。くびれや太ももには思わず目がいってしまう。

脱線した。

「ははん。恋愛経験豊富ってわけだ」

「否定はしません」

いいよなぁ、おモテになる方々は。神様ももう少し俺のイケメンパラメーター調整してくれたら良かったのに。前世でも今でもいいから。

「いや待てよ……じゃあ聞くけどさ、二年前とかに好きって言ってくれた女の子がいたとするじゃん？」

「何の話でしょうか」

「ま、まぁ、なんだ、その……たとえ話だよ」

「は……はぁ……」

疑問符を浮かべるオリオンだが、話を続けても良さそうだ。いや、話というより相談事である。

「でさ、その時はその子に返事はしてないんだけど、二年ぶりに再会して男側の気持ちを伝えるのって、どう思う？」

「まったく話が見えませんが……あなたとミレディさんのことですか？」

「いやだからたとえだってたとえ！　えっと……そう、友達の話だから友達の。恋愛マスターのお前に聞いたら早いかなって……」

「意見を言ってもいいですが、私に何の得が？」

「そうだなぁ……じゃあここから出してやるってのはどうだ？」

「ここから？」

「そう」

オリオンがもう人工精霊ではなく、人間に戻っているのであれば、ここに戦意も敵意もなく、か弱い人間の女性である彼女をいたずらに捕らえておく必要はない。

ダリクにも相談することになるとは思うが、俺が大丈夫だと言えば問題ないはずだ。

ガキヨっ！

オリオンが捕らえられている牢屋の鉄格子を磁力でへし曲げ、人一人が通れる隙間を空ける。

「本気ですか？」

「はっきり言ってお前から敵意が感じられない。前も敵だった人工精霊と和解したことがあったが、その時は俺が疑い過ぎたばかりに上手く話ができなかったんだ。お前もその時と同じだと……思いたい……」

さっきは元敵だと自分に暗示をかけていたのに、いったいどの口が、と我ながら思う。

そうですか……とオリオンは腑に落ちていないような、浮かない顔をしていたが、自ら牢屋を出て来た。

「ありがとうございます。どうか、私のことはオリオンと……」

すると、彼女……オリオンはうやうやしく頭を下げた。

「よろしく。アスラだ」

「はい、よろしくお願いしますね、アスラ」

初めて、オリオンは笑った。大人びているとばかり感じさせる外見だが、微笑みは少女のものだった。

俺たちは握手をしてから、一緒に部屋を出る。

が、そこには……。

「アスラ……遅かったね……。その人、部屋から出してよかったの？」

ミレディだ。部屋の前で待っていたのだ。もしかして、中での会話を聞かれた？　いや、これは研究所の施設と同じ強固な部屋だ。中の音は聞こえまい……。

「み、みみ、ミレディ……こ、このオリオンってんだけど、人工精霊じゃなくなって、もう人間に戻ってるんだ。敵意はないって言うから、ダリクさんに話そうと思って……」

努めて平静を装うが、突然の好きな子の襲来に、思わず動揺が言葉に出る。

「ふぅん……」

ミレディはオリオンを一瞥《いちべつ》してから。

「もうすぐ昼食だって。すぐ来てね」

「あ、ああ……ありがとう」

ミレディはサッと踵《きびす》を返し、先に食堂へ向かう。ミレディの姿が遠ざかったのを見計らってから、オリオンは俺にこっそり耳打ちした。

「あれがミレディさんですね。綺麗《きれい》な子じゃないですか」

「だ、だろう……？」

「好きになるのもわかります……が、自分のレベルに合った人にした方が良いですよ、アスラ？」

あ、あれ？　お前俺の背中押してくれるんじゃなかったのか？

「そ、それってどういう……」

「その……自分の顔鏡で見たことって……？」

「あるよ！　毎日見てるわ！　て言うか、本当に二年前に告白されてるんだって！」

「本当に？　ただの妄想ってオチはヤですよ？」

「妄想じゃねぇ……いや、妄想じゃないよね？」

私に聞かれても、とオリオンは辟易《へきえき》する。

数日後、ダリクが仕事から帰ってくるのだという。俺はその際にオリオンのことを説明する心積りをしていた。

71話　オリオンの経験則

「トワイライト様……そちらのお方は？」

食事の席にオリオンを連れてくると、セバスチャンに怪訝《けげん》な目を向けられる。

「ダリクさんが捕らえていた人工精霊のオリオンだよ。害もなさそうだから出したよ」

「そ、そのような……、勝手なことをされては困ります、トワイライト様っ、あなたはこの屋敷の警備が仕事のはずです……！」

食堂にはセバスチャンとザジ、ミレディがいた。おそらくセバスチャンもザジもオリオンを見たのは初めてのようだ。

「仕事の枠を外れたことはしてくれるなって？」

「た、端的に言えば……」

「大丈夫だよ。言ったじゃん、害はないって。勝手に出してきたのはごめん。だけどコイツ……オリオンはもう人間に戻ってるんだよ」

セバスチャンは不審な顔をしている。もう少し説明してみるか。

「解放軍のアジトでオリオンと戦ったって聞いてる？」

「ええ……ダリク様より聞き及んでおります」

「そう、じゃあ話が早い。俺がオリオンの魔力を全部吸い取ったから、コイツは精霊化した状態を保てなくなって人間に戻ったんだよ」

「そ、それなら魔力が回復すればまた精霊になるのでは……？」

「それはないよ。人工精霊になるには一千万数値の魔力が必要なんだ。いち人間に魔力を一千万まで蓄える力はないよ。もし万が一、精霊化しても俺が力尽くで止めるさ」

俺の力を知らないセバスチャンとザジではない。

しかし、困惑気味のセバスチャンをいさめたのは、意外な人物だった。

「セバスチャン……トワイライト様のお力があれば問題はないかと……」

「ザジ……」

セバスチャンは逡巡《しゅんじゅん》し、一拍置いてから。

「ザジ、彼女……オリオン様にも食事をお出ししろ……」

セバスチャンがそう言うや否や、オリオンが息を呑《の》むのがわかった。

にしても意外だったのが、セバスチャンが思ったよりも堅物ではなく、融通の利くタイプだったことである。

「セバスチャン、あんた話がわかるんだなぁ！」

「トワイライト様、肩を急に組まれるとこの老体にはくるものがあります」

「何言ってんの、あんなに強かったのに」

「はは、もう引退です。あなたやザジのような柔軟な考えも動きもできなくなっております……」

その言葉を聞き、俺はセバスチャンの哀愁が見えた。きっと、彼の若い頃と今の俺たちの考えは時代とともに移り変わり、異なるものとなっている。

彼はそれを悪いことだと頭ごなしに言うのではなく、自分の老いだと笑った。

俺はそれもまた一つの柔軟さだと思う。

「しかしトワイライト様、警備の仕事はお任せしますぞ」

「アスラでいいよ。仕事は任せてくれ、しっかりするさ」

セバスチャンにそう言うと、彼は笑って俺の座る椅子を引いてくれた。

そしてオリオンが席を探していると、ミレディが自分の横に招いた。

「……どうぞ」

「どうも……」

料理が出て来た。今日の昼飯はスープとパンだった。ミネストローネみたいなスープだったが、まったく味がしない……というか味わえない。

なぜミレディが自分の横の席にオリオンを招いたのか、かなり気になる。

いかんせん貴族の屋敷の食卓だ。無駄にでかい。無駄にでかいせいで、ミレディとオリオンの会話が途切れ途切れでしか聞こえない。

なぜこの屋敷の食卓はこう無意味に大きい。女性陣ならではの会話があるのだろうか。

昼食が終わると、俺は即行でミレディ……いや、午前に例の話をした分、オリオンの方がこの手の話題は持ちかけやすい。

俺とミレディは一日に数回、屋敷内部と屋敷周辺を自分の目で見て、歩き回る。見回りだ。警備の仕事を任せられているのだから、屋敷で待機するだけでは示しがつかないし、何よりつまらない。

効率面を重視し、ミレディとは別々で見回りをしようと提案したことが、まさかこんな時に功を奏することになるなんて思わなかった。

「オリオン」

食事を終え、手持ち無沙汰《ぶさた》にしていた彼女に声をかけた。

手持無沙汰も手持ち無沙汰。それも当然だ。これまでは四六時中、牢屋に入れられてたんだから。突然牢屋から出て自分に構う人もおらず、何をしていいかなど、すぐにはわからない。

「はい」

「何してんの」

「特には……なにも」

でしょうね。

「お前の部屋も用意してもらわないとな」

「部屋はセバスチャンが用意してくださるとのことでした」

「へえ、あの人、やっぱり面倒見いいんだな」

いや待て待て待てアスラ。セバスチャンのやつ、ふっざけんなよ。俺とミレディがこの屋敷に来た直後にもう一つ部屋を用意しろっつったのに、っざけんなよ。なに新顔の部屋先に用意しようとしてんの？　まじで、っっけんなよ。

「実は、あなたを待っていました」

「そうなの？」

「ええ……でも、食事中に女性の方をチラチラと見るのはやめた方がいいですよ」

なんだ、気付いていたのか。しかもこの見透かされている感がハンパなく恥ずかしい。

「用があって来たのでしょう？」

「あ、いや、さっき昼飯の時に、ミレディと何話してたのかな、って……」

「気になります？」

なんだ、この煽《あお》るような表情は。

「あ、ああ、気になるから聞いてんだろ？」

「もしかすると、ミレディが二年前にあなたに想いを伝えたというのは、本当なのかもしれませんね」

「なに笑ってんだ」

「ふふ……」

「だからそうだって言ってんじゃん……あ」

「やはりあなたの話でしたか」

このやろぉおおお。カマかけやがった。しかもミレディって呼ぶくらいに仲良くなってるし……いったい昼食という短時間で二人になにが。

いや、本題に戻ろう。

「とりあえず……屋敷の中を案内でもしながら話そう」

見回りを兼ねて、オリオンに屋敷の案内をすると持ちかける。オリオンは黙って俺の後ろをついてきた。

しっかし、なんかマウント取られている気がして気に食わないんだよなぁ。口先では敵わないところがクシャトリアに似ている。アルタイルは同じ人工精霊でもあんなに素直だっていうのに……。

くそ、くそ、くそ、くそ、くそ、くそ。人間の怒りは六秒しか継続しないなんて誰が言ったの。嘘じゃん。

どこか釈然としないが、俺たちは屋敷の中を見て回った。

ミレディが屋敷の外を見回っているから、場所の分担としては丁度いい。

「ここがエントランス。まあ玄関口だな」

エントランスから奥に進むと客間、そのさらに奥に食堂がある。食堂の向こうには厨房に続く廊下があり、廊下を歩いて屋敷の最奥へ行くと、パッチワーク生地のような継ぎはぎ方で、魔法研究所の内装に切り替わる。そこにはオリオンが捕らえられていた牢屋の部屋がある。

二階は個人部屋だ。まるで高級ホテルのように部屋が並んでいる。例によって俺とミレディは同室。

「ミレディと同室なのですか？」

「ん？　ああ……部屋は分けてくれってセバスチャンに言ったんだけどな」

「アスラがその不備を訴えているんですか？」

「まあね。訴えているっていうか、ここに来た時に一度お願いした程度なんだけど……」

「ふむ……さっき食事の時、ミレディは私に、アスラが大丈夫って言うのなら私もあなたを信頼する、と言ってくれました」

「なんだ、そんな話してたの？」

よかった……俺の愚痴《ぐち》とか言われてんのかと思った……。

「私の言いたいことがわかりますか？」

俺が安堵《あんど》のため息をついていると、オリオンが真剣な眼差しで迫って来た。

まるでこれは壁ドンではないか。オリオンは俺より若干身長がたか……いや、認めん。

こいつはただのデカ女だから上手い具合に迫力があった。

「な、なに？」

「わからないのですか？　ミレディがあなたに全幅の信頼を置いているということですよ。元とは言え敵だった私と会ったその日に食事を隣でするなんて、一日二日で築ける信頼関係ではありませんよ」

「そ、そりゃ俺とミレディは長い付き合いだ。お互いに信頼くらいしているさ」

「もう、鈍いですね……ミレディはあなたと同室なんですよ？　なのにそのことに対してミレディは不満を一度も言っていません」

「俺がセバスチャンに言ってるからだろ？」

「馬鹿ですか！　女の子が同室なのを嫌がっていないということから導き出される答えは一つだけですよ！」

「ま、まさか……」

お、俺は……小鷹くんや八幡くんみたいな鈍感系男子にはどうもなれない。

「ミレディはまだあなたに気があると思われます……！」

「は……はは……」

期待していたことが現実に起こっている……可能性が高いとわかっただけで、俺は全身の力が抜けそうだった。

喜びを通り越して、乾いた笑いしか出ない。

「乙女の気持ちを、あなたはもう少し考えるべきです」

こ、これが……恋愛マスター。

説得力が違う。料理には調理師資格、子育てにはチャイルド心理学資格、恋愛相談にはオリオンということだ。

「あ、あした……見回りにミレディを誘ってみるよ」

そう言うと、オリオンは満足気な微笑みを浮かべ、壁ドン姿勢を解いた。

「よろしい」

まるで本当の先生みたいな口調で胸を張るオリオン。

オリオンに感服する俺は、屋敷の案内を続けた。もちろん、オリオンの恋愛観を聞きながらだ。……いや、もちろんってのも変か。

屋敷の部屋は一人に一部屋割り当てられている。

一階と二階をつなぐ階段は一階のエントランスから上へ伸びており、二階へ上がると廊下が二手に分かれており、各部屋へとつながっていた。

この建物は、以前は上から見るとほぼ綺麗《きれい》な長方形の形をしていたらしいが、一階の牢屋の部屋を増築したからだろうか、その部屋の分だけ角のように建物から突き出て作られている。二階も同じように突き出ていた。

二階は「口」の字型で作られており、廊下を一周できるようになっている。部屋は廊下の左右どちらにも扉を構えており、部屋の大きさはすべて同じなのだとか。警備上、建物の構造を知る必要があったが、部屋の中はプライベートな空間という理由から、セバスチャンに話を聞く程度で留めていた。

見回り兼屋敷の案内では、大した問題もなく、何事もなく終えた。

しかし、事件は夜に起こった。

オリオンを牢から出したその日の夜だ。ミレディと床を同じにする際に、見回りを一緒にしようと誘うつもりでいた。

オリオンの部屋を用意しました、とセバスチャンから話を聞いた後、俺は自室に戻りベッドに入る。

ミレディはすでにベッドで寝ていた。

俺はベッド横のランプの火を消し、ミレディにおやすみと言って目を閉じた。

「アスラ……」

「あ、悪い。起こした？」

「ううん」

どうやら起きていたらしい。あまりに静かだから寝ているものかと。

「アスラ……聞きたいことがあるんだけど」

「なに？」

「今日……その、見回りの時……オリオンに迫られてるアスラが外から見えて……」

ああ、ミレディがまだ俺に気があるのではないかと説かれていた時のことか。どうやら外から窓越しに見えていたようだ。

にしても、ミレディの歯切れが悪い。

もしオリオンの言う通りならば、この歯切れの悪さは、ミレディが自分の悩み事を話して俺が困るのは嫌だけど、話さず我慢して逆に面倒な女と思われるのはもっと嫌、といったような葛藤《かっとう》をしているから……だったら嬉しいし可愛らしいんだけどなぁ。

「あれはミレディが……」

俺のこと二年前と変わらずまだ好きでいるってオリオンに言われてたんだ……とでも言うつもりか！　本人に！　馬鹿か！

「私が……なに？」

さすがに聞こえていたか。鈍感系主人公の小鷹くんみたいに、なんだって？　などと、こういう場面では、聞こえなかった体には普通してくれない。

「えっと、ミレディが俺と同室で寝ることを嫌がってるって話をしてて。それをオリオンに問い詰められてただけだよ」

う、嘘は言っちゃいない……ミレディが嫌がってるのでは、という話はしたのは確かだが、オリオンにはその話題で問い詰められていたわけではない。ミレディがまだ俺に気があるって話で問い詰められていたことと齟齬《そご》が生まれているのは言葉の綾というやつのせいだ。うん。

「い、嫌じゃない……！」

ミレディしては珍しく、語気を強めた。

「嫌じゃないの？」

ほんとにオリオンが言ってた通りだ。全然嫌がってない……。

「うん……二年間、アスラがいなかったから……えっと、取り戻したいだけ」

二年間アスラがいなかったからえっと取り戻したいだけ？　「えっと」に入る適当な語句を述べよ的な抜き打ち問題？

取り戻したいって何をさ？

「今日はちょっと……アスラがオリオンにき……」

「き？」

「き、ききき、き……キスしてるように見えて」

「するかぁっ！」

確かに見る角度によっては、壁ドンされている俺がキスされているように見えたのかもしれない。しかしよく考えろ。今日牢屋で会話したばかりの人間と、今日の今日で接吻《せっぷん》なぞするものか。

「俺は好きな人以外とキスなんかしないよ」

「好きな人いるの……!?」

ミレディはそう言うや否や、噛《か》み殺されるんじゃないか、という勢いで俺の胸元を掴《つか》んで眼前まで迫って来た。

びっくりして思わずミレディを見る。

かなりの至近距離だった。

もう一度言う。かなりの至近距離だったのだ。

不意に触れる唇と唇がそこにあった。

雷に打たれたかのように全身に衝撃が走り抜けた。それと同時に金縛りのごとく体が固まる。

部屋が暗くてもわかる。お互いに顔が真っ赤だ。

触れ合う互いの吐息。ばっちりと絡み合って離れることを忘れた視線。

頭がどうにかなりそうだった。

「ん……っ」

先に離れたのは、ミレディの方だった。

もし離れてくれなかったら、俺はそのままキスの味に酔いしれていただろう。いや、もっとそのさらに先にまで手を出していたかもしれない。

一瞬、理性が飛びかけた。

やばいやばいやばい……何がやばいって、あのままだと俺がミレディに襲い掛かっていただろう俺の本能よ。

ミレディはベッド上から逃げはしなかったものの、一瞬で俺に背を向けた。

まだ彼女の感触が残っている。

一つのベッドの中で、お互いがお互いを意識する。お互いが少しでも動いただけで、胸が高鳴った。

オリオンに壁ドンされた時と比にならない緊張感、焦燥、興奮……。

こういう接触は気持ちを伝えてから、と心に決めていたのに。

ミレディの他に好きになる相手はいない……さっきはそう答えたかったし、キスでその気持ちがより強固になった。

お互い、眠りにつくまで相当な時間を要した。

結局俺は、ミレディに見回りを一緒にしようと誘えなかった。

◇◆◇

起きた時には、すでにミレディは部屋にいなかった。

俺が眠りについたのは、朝日が上がってからであるため、今日はかなりのショートスリープ。

この屋敷では食事の時間が決められており、その時間に食堂にいない者は、食事抜きにされるというオカンルールのもと、食事が使用人によって作られている。それは領主といえど例外ではない。平民の頃の制度が、貴族になった今もそのまま受け継がれているようだ。

なんでも、このルールを決めたのはイヴァンの母親なんだとか。

イヴァンの母親はイヴァンを産んだ直後、魔法研究所の事故で亡くなっていると聞いたことがある。イヴァンの母親も研究所員だったらしい。ダリクとは、いわゆる社内結婚というやつだ。

話を戻そう。

食事の時間が決められているということは、食事はみんな一緒に食べるということになる。

何が言いたいかと言うと、食堂でミレディと顔を合わせるのが気まずい……。ミレディと俺の視線が合うことはない。ミレディはまるで何かに取り憑《つ》かれたかのように料理を見つめて一心不乱に食べる。

食事の後も何とか話しかけようとするが、避けられてしまう。

「ミレディってこんなにウブだったのか……」

もしかするとこの十六年……いやミレディは十八歳だが、あの恥ずかしがりようを見ると、その十八年間、誰ともお付き合いしたことがないのかもしれない。

というか十八歳で処……。

「……」

思わず息をのむ。……キスで動揺するわけだ。

俺も人のことは言えないくらい異性交遊がないが、さすがにキスの翌日ともなるとある程度気持ちは落ち着いた。中身はいい年したオヤジなのだ。

この世界での初キッスが十八歳って遅いのか？

というかあれがミレディのファーストキスなのだと考えると、とりあえずミレディのお父様に頭を下げたい気持ちでいっぱいになる。ミレディの父親が解放軍の親玉ゼフツだったとしても、それはそれ、これはこれだ。ゼフツが収容されているであろう王都に向かい頭を下げた。

いや、まだファーストだと決まったわけではない……それはそれでモヤモヤするが……。とにかく、ミレディは嫌じゃなかったのか、無性に気になってきた。いや、嫌じゃないわけないか。だってあんな事故みたいな形で唇を奪われたんだもんな……。

もしミレディが俺を好いてくれているのだとしても、口付けというのはああいった形でするものではない。特に女子にとっては。

「アスラ……」

ミレディに逃げられ、途方に暮れていた俺を見てオリオンが声をかけてきた。いったい俺は何行にわたってキスについて語っているんだ、我ながら気持ち悪い。オリオンが声をかけてくれてよかった。

「お、おぉ……」

「ミレディの様子がおかしいですね……昨日、何かありましたね？」

やはり恋愛マスターと俺が仰ぐ彼女の目はごまかせない。昨日の夜あった出来事を、ありのまま話すこととした。

「かぁー、何という凡ミス」

「面目ない」

「それで避けられているのですね」

「ああ、見回りを一緒にしようとも誘えていない」

「……でしょうね」

「いったいどうすれば……」

「解放軍を全滅させたあなたともあろう方が情けない。そんなの簡単です。当たって当たって当たりまくるのです」

「うざがられない……？」

「はぁ、婚前の生娘じゃあるまいし……」

　オリオンが、ダメだコイツ、と言うかのようなため息をつくのは何回目か。俺、こんなに人工精霊に頼るのは初めてかもしれない。

「ミレディがキスの一つや二つでここまで照れるのはなぜかわかりませんか？」

「ファーストキスだから？」

「ファ!? 何歳ですか彼女……」

「十八……今年で十九かな」

「ま、まぁ……それもあるでしょうが、何よりの理由は好きな人とのキスを訳のわからないまま済ませてしまった気恥ずかしさです。こうなればもう疑いようがありません。彼女はあなたが好きです……！」

「す、好き!?」

「好きです」

「ええ、そうです……あぁ、だからって調子に乗らないでください」

「はい……」

かぁー、と高音を出しながら自分の魅力の強さに困り果て、天を仰ごうとしたところで、制止された。オリオンが俺の感情の機微を捉えつつある。

「とにかく、見回りを一緒にしたいなら誘いまくりなさい。誘われること自体、彼女は喜ぶはずです」

「ぞっこん⁉」

オリオンに盛大に背中を押された。

昨日、元敵の人工精霊と再会し、牢屋から出してやり、恋愛相談に乗ってもらう現在の俺とオリオンの関係性が異様すぎる……のはさて置き。

例のごとく屋敷の外を一人で見回るミレディを発見した。

オリオンには当たって砕け散れ……に似たようなことを言われたのを思い出す。俺は戦闘でもいつでも先手速攻型だ。一気に行くぜ。

◇◆◇

ミレディは屋敷の敷地内、外も屋敷の状態も目視できる範囲を歩いていた。真面目なことだ。俺がミレディと一緒に見回りをすべく誘おうかどうかなどと軟派なことを考えているというのに。

　俺はミレディの後ろからそっと忍び寄り、声をかけようとした。

　しかし、ミレディは敏感に俺の足音を聞き取り、俺を発見すると脱兎《だっと》のごとく逃げ出した。

　いつもの穏和な彼女とは比べ物にならない俊敏さを見せる。

　でも、俺だってこうなるパターンは予測していた。咄嗟《とっさ》にミレディを追い駆ける。

　追い駆ける俺を見て、ミレディはさらに速度を上げた。埒《らち》があかない。俺は精霊化を完了させて、逃げるミレディに一瞬で追いつく。ミレディの手首を掴《つか》み、ミレディは引っ張られるように停止した。

「……」

　ミレディは俺に背を向け、手を掴まれた状態で立ち止まり、顔を思いっきり背けている。耳まで真っ赤である。

「あのさ……昨日」

「いっ……！」

「⁇」

　ミレディが俺の言葉に覆い被さるように奇声のような声を発した。

「いっ……言わなくていい……逃げたのはごめん。でも……恥ずかしくて恥ずかしくて……死んじゃいそうなの……」

途切れ途切れの言葉を何とかつなぎ合わせたようなチグハグの言葉だったが、気持ちはわかる。

その言葉を弾き出すだけで、ミレディは緊張からか、走ったからなのか、息を荒くした。

「わかるよ。俺も顔を合わせるのは小っ恥ずかしい。でもお互い避けてばかりじゃ何にもなんないだろう」

「わっ、わかってるんだけど……。アスラの顔見ただけで……その、思い出しちゃって……ごめんね」

消え入りそうな声で言う。

ミレディって、今まで散々色んな男を断ってきてたよな、確か。酸いも甘いも噛《か》み分けてるのかと思いきや、思いっきりウブな少女の顔をしている。まるで女子中学生だ。彼女はもう十八歳なのに。

「あれは……あの時は俺が悪かったよ。急にキスなんかして」

俺がそう話しているうちにも、ミレディは茹《ゆ》で蛸《だこ》のように、果てには俺が掴んでいる手まで真っ赤にした。相当、かなり、めちゃくちゃ、死ぬほど恥ずかしいようだ。

しかし話は続けた。

「でもあれはわざとじゃないし、ミレディと今までみたいに話もできないなんて嫌だよ。その……見回りとかも、一緒にしたいなって思ってたし……」

そこまで言うと、ミレディは今日初めて俺に顔を向けた。例のごとく顔は真っ赤である。少し涙も浮かべている。

「それ……ほんと？」

「あ、ああ。見回りを提案したのは俺だけど……その、何て言うか、と、とにかく……ミレディと一緒にしたいんだよ」

「そっ、……そう」

「うん」

しばらく流れる沈黙。それから先に口を開いたのは、ミレディだった。

「こ、こんなことで……精霊化使わないで」

「だってミレディが逃げるから」

「ふ、普通に誘ってくれたら断らない……」

まだ羞恥《しゅうち》が残るのか顔が赤いが、力強く言い切ってくれる。

ミレディの腕を掴《つか》む力を弱めて、彼女の手まで腕に沿わせる。そのままミレディの手を握ってやった。

ミレディはさらに顔を逸らしつつも、握り返してくれる。

「あ、アスラ、ギルドの仕事中だってこと……忘れてる……」

「そうかも……」

無言は続く。しかし二人の握る手は徐々に加熱した。どんどん手から汗がにじみ出てくる。

動けない。これはまるで手をつなぐと電流が流れる罰ゲームに似ている。あ、いや、ミレディと手をつなぐこと自体はご褒美だ。うん。電流が流れているみたいに体が硬直して動けないっていう比喩ね。

とにかくミレディの手はやわこかった。あまりに女子女子した手に驚き思わず仙台弁が出るくらいには柔らかかった。細いのに柔らかい。女子の手ってのは素ン晴らしい。照れ合うのもそこそこにして、お誘いした通り二人で見回りを始めた。最初に手を引っ張って歩き出したのは、確かミレディの方からだったはず。

「……」

「……」

二人並んで歩く。手はつないだままだ。ミレディの顔を見ることができない。

屋敷の周りを一回りしたところで、不意に思った。もしかしてこれって、手をつないで歩き回ってるだけじゃ……？

俺は恥ずかしさで下を向いていた。きっとミレディも同じはず。

「ミレディ……周り見てる？」

「あ……」

その「あ」で俺は察した。

「俺もだよ……」

「ふふ……なんだかおかしいね」

「ははっ、だな」

俺たちは二人して笑い合った。

本来ならおかしいね、で済まない。笑い話じゃない。職務怠慢もいいところだ。もし日本の公務員が職務中に同じようなことをしていたらマスコミやら世間やらから袋叩きは必至の行為だ。ここが日本じゃなくてよかったと思う稀なパターンである。

今度は屋敷の中を歩き回ることに……もとい、見回りをすることになった。このタイミングで俺たちは手を離した。この屋敷の住人に冷やかされるのが嫌だったからだ。いや、冷やかされはしないだろうが、それに似たおちょくりは避けられない気がする。

ミレディもそれがいいと言った。

ミレディは朝とは打って変わってやや口角が上がっている。ベースは無表情なことに変わりはないが、付き合いが長いからか、そのわずかな変化に気がついた。

雪原のように白銀にきらめく長髪。服装は修道服のままである。いつも通りの姿のはずなのに、どうしてこうも心臓が高鳴るのか。

一階奥のオリオンがいた部屋まで見て、次は二階の廊下をぐるりと周回する。

ミレディに見惚《みと》れていた俺ではあるが、見回りの途中、ある違和感に気が付いた。

「あれ?」

「どうしたの、アスラ」

ミレディが俺の隣にピタリとくっつく。か、かわいい……じゃなくて。い、いい匂い……でもない。鎮まれ我がリビドー。

俺たちが立ち止まったのは、二階の奥。一階の食堂の上あたりだ。ある部屋の扉前である。

「ここ、イヴァンの部屋だよ……」

「イヴァンの?」

「そう。この屋敷に来た時の夜、この部屋に入るのが見えたの」

ううむ。何となく今のセリフからイヴァンの部屋をミレディが注意深く見ており、よもや夜俺が寝た後に密会しているのではないか、というところまで妄想が発展したが、これは恐らく嫉妬《しっと》心だろうと結論づけておいた。

「部屋は全部同じ大きさだったよな」

「うん、そう言ってた」

おかしい。考えてもみろ。

一階のオリオンがいた部屋と、その上の二階部分は増築された区画だ。しかし、建築当初からあった二階の部屋の大きさは全て同じで、増築後も変わらないという。

それではオリオンがいた部屋の上階部分は何の空間なのだろうか？

オリオンがいた部屋は吹き抜けていた？　いいや、牢屋があり、天井はむしろ低かった。

それか、二階部分は空洞なのか？　貴族なら外観美のためにそのような無駄を二階部分を作るのもわからないでもないが、カヴェンディッシュ家は元は平民。平民思考が抜けていないし、召使いも少ない。貴族的な思考を屋敷に反映させるのは考えにくい。

このイヴァンの部屋の奥が、その謎の空間だ。

「イヴァンの部屋の奥に、まだ部屋があると思うんだけど」

「でも……部屋の大きさは同じだよ？」

そう言って首を傾げるミレディは愛らしかった。

「そうだなぁ。そうなんだけどなぁ」

思わず猫撫《ねこな》で声になる。

「どういうこと？」

だからそれなんだよ、可愛らしく首を傾げるのはやめろ。

「一階のオリオンがいた部屋の上にある空間が、イヴァンの部屋の奥に位置するはずなんだ。どう思う？」

「今……イヴァンいないよ？」

「勝手に入るなって？」

「アスラならそう言うと思った。イヴァンは研究所の手伝いで王都に行ってるんでしょ？帰ってくるまで待とうよ」

ミレディがそう言うなら、と言いなりになるところだった。彼女の魅力が俺の脳を麻痺《まひ》させようとする。

「そうだな」

魅了とかそういう類の効果のある魔法にかかればこんな感じだろうか。何でも言うことを聞いてしまいそうで自分が怖い。

ミレディの意見に従ったものの、やはり警備する身としては屋敷の構造や内容物を隈《くま》なく把握しておきたい。しかし、イヴァンの部屋には施錠されていた。

それに単純に興味がある。イヴァンの部屋の奥の空間が何なのか。増築されてできた空間に意味がない訳がない。俺の直感はそう告げた。

部屋の中に入らず、部屋の中を探る方法は何かないものか。

俺はミレディとその後も見回りを続けた。
その夜、イヴァンとダリクは王都から帰って来た。

72話　例の怪盗

翌日。ミレディと同じベッドで寝るのはまだ慣れない。例によって寝不足であり、段々と体が怠《だる》くなってきた。

「アスラ……なんだかしんどそうだよ」

ミレディはよく眠れたみたいだ。顔色が良いこと良いこと。

「ああ、ちょっと眠い……」

「寝られてないの……？」

「あ、いや……眠りが浅いみたいなんだ。ベッドが変わったからかな」

本当はミレディの体温が直に伝わって興奮で眠れないからだ。答えは出ている。

ミレディは怪訝《けげん》そうな目を向けてきたが、特に言及はしなかった。

朝。

朝食の席にダリクとイヴァンはいなかった。

セバスチャンによると、まだ疲れて眠っているのだという。

オリオンのことは、セバスチャンが昨日の夜のうちにダリクと話をつけておいてくれたらしい。

「ありがとう、改めて俺の方からも伝えておくよ」

「お安い御用です」

朝食の後、いつもの見回りをする。

昨日からミレディと一緒だ。

しかしその間も、イヴァンの部屋の奥にある空間のことを考えていた。

鍵を開けずに中の様子がわかるような……透視能力みたいなの誰か持ってないかな。間違いなく無属性魔法だけど。

鍵や扉を破壊するのも行き過ぎた調査だとも思う。そう、例えばＸメンの透過能力者みたいに、ＭＲＩみたいに、中の様子を把握できるような……。

いや待てよ。

確かＭＲＩって磁場を使って体内の構造や炎症箇所がわかる機械だったような……。

「磁場か……」

「ジバ……？」

ミレディが隣で首を傾げる。

この閃《ひらめ》きとミレディの愛らしい仕草が相まって、思わず口元が緩んだ。

「また何か悪いこと企んでるんでしょ……」

「わかる？」

ミレディが悪戯《いたずら》っぽく微笑を浮かべる。

「わかるよ。昔から変わらないんだもの」

彼女は昔、フォンタリウスの屋敷で暮らしていたことを思い出しているのか、懐かしむような哀愁を漂わせた。

「敵わないな」

「何を思いついたの？　またイヴァンの部屋のこと？」

「ほんとに何でもお見通しなのな」

ミレディの心眼こそ、まさに透視能力的な力を感じさせる。

しかし実際、ミレディの推測の通りで、俺は自身の魔法でイヴァンの部屋を覗《のぞ》く糸口を掴《つか》んでいた。

部屋を覗くって……言葉にしてみると不審極まりない行為である。

「どんな手を使うの？」

「止めないのか？」

「ここまで来たら止めたって聞かないじゃない。ちがう？」

ミレディの予見力には自嘲気味な笑いを返すことしかできなかった。対してミレディは無表情ながらも、若干顔が得意げである。

お互い、わずかな変化で相手の考えていることや感情がわかってしまうくらい付き合いが長いのだと、ふと思い至った。

この世界では幼い頃に知り合った仲なのだ。途中、離れていたものの、当然である。

俺はミレディに説明した。

「まずは磁力のこと話しとかないとな」

「ジリョク……？」

ミレディに俺の力のことをちゃんと説明するのは確か初めてだったか。二年前、魔法学園でロジェやシンに説明したことがあったが、言葉を尽くしても俺の期待していた理解は得られなかった。

そのことを踏まえ、磁石《じしゃく》のことから説明した。

磁石は、この世界の共通概念として存在する。

磁石の周囲にあるのが磁界、つまり磁場で、その磁場が生み出す力場を磁力というのだ。そこまではこの世界において明文化されていない。

しかし、ミレディは一発で納得してくれた。

他にも、磁場の変化により電流を起こし、稲妻レベルの強力な電力を生み出す仕組みなどについても説明をした。

ミレディは何度か難しい顔をしつつも、最終的に、

「わかった」

と、それだけ言って頭の中を整理し始めた。

よく俺の言葉に疑問も持たずに鵜呑《うの》みにできるな、とその素直さに驚いていたが、さて、問題はここからだ。

MRI、延《ひ》いてはレーダーのように周囲や物の内部構造を知りたい。

電波が必要だ。

電波は電磁波の一種。

磁力が関係するなら、俺の無属性魔法で何とかなるはず。

確か……電波は磁界と電界が関係している。

例えば、超高周波の電流を作るとしよう。その周囲には磁界と電界が波紋のように生まれ、それらが電波となり、受信側に届く。

これはざっくりとした理屈だ。

しかし俺は自由自在に磁場を生み出すことができる。電波を生み出す磁界を真似して、磁界を生み出せば電波となるのではないか。

俺はそう考えたわけだ。むしろなぜ今まで思いつかなかったのか。俺の発想力の乏しさもあるが、この世界があまりに科学から遠のいた場所によるところもあるだろう。

「チョーコーシューハ？　デンカイ？　デンパ……？」

初めて聞く用語や原理を頭に叩き込まれて、ミレディが珍しく困惑している。

しかもいちいち片言で可愛らしい……は置いといて。

これによりイヴァンの部屋及びその先の空間の内部情報がわからないか、ということだ。さらにはこの屋敷の警備の仕事自体が大幅に楽になる。俺がレーダー代わりになれば、見回りをする必要もないのだ。

「要は試してみようってことさ」

「……ん」

ミレディがこくりと首肯。

幸い、今は見回りの途中で屋外である。こういった形で、自分の魔法の新しい使い方をする時は周囲にどんな被害をもたらすか予測ができない。なんせ俺はその道の学者でも研究者でもないのだから、安全策をとるに越したことはないというのが持論だ。

「アスラ、なにするの……？」

屋敷から少し離れたところに森が少し開けた場所があった。そこにミレディは連れてこられ、やや不安気味な表情を見せる。

「実験だよ実験」

「どんな？」

「うーん、なんて言えばいいのかな。目に見えなくても、周りの景色とか構造とかがわかる魔法……って言ってわかる？」

「アスラのジリョクソウサのこと？」

磁力操作。俺の無属性魔法である。

「よくさっきの説明だけで覚えてたな。簡単に言えばそういうことかな」

ミレディはやはり地頭が良いらしい。覚えが早い。歳食ったらどんどん物忘れが激しくなるから嫌だ。前世なんかでは芸能人の名前がよく出てこなかったりしたものだ。顔は思い浮かぶのに名前が出てこないってやつ。

とまぁ、精神年齢上では少なくとも、おっさんずラブのおっさんくらいに歳食った俺からすれば、ミレディずブレインの若さや覚えの良さは比較にならない。

「危ないから離れてるんだぞ」

一応、念のため、万が一のことを考え、自分の好きな人には安全な場所に退《さ》がってもらう。

「危ないの？」

「いや……電波だから危なくないとは思うんだけど……不測の事態に備えてってやつだよ」

ミレディは素直だ。

俺から離れ、森の木の影から覗《のぞ》くような体勢をとる。

電波は人体に顕著な影響を及ぼすほど高い周波数を持たないはずだから、上手くいけば問題ないと思うんだけど、備えあれば憂いなしだ。

俺は電磁波自体を操作できる点において、効果範囲を限定し、ミレディに害のない程度のものを生み出せる……と信じる、いや、信じたい。

ミレディが離れたのを確認してから、手始めに磁場を生み出す。すると、今まで意識していなかった波長や周波数を調整できることに気付いた。

「この無属性魔法はいくらでも応用が利くんだ……」

きっと俺が気付かないだけで、「磁力操作」の魔法にはいくらでも使い方があるんだ。もっと言えば、科学では解明されていない使い方があるのかもしれない。

今更ながら、自分の魔法に無限の力を感じた。

磁場……つまり磁界の強さを変化させると、電界が生まれ、電界が変化すると更なる磁界が変化し、それらは電界、磁界へと連鎖的に変化を起こす。やがて波紋のように広がり、電磁波となっていることに遅れて気が付く。

電磁波の感覚を、体で感じられる……。

前世では間違いなくなかった感覚。体の芯がじんじんとする感じだ。

電磁波の波長と周波数をある特定の値にすると、その感覚が一層強まる。

体の表面が小さく振動し、それが筋肉、骨、神経へと流れ込んで来る。

その感覚に集中すると、周囲の風景が手に取るように、視界の奥で見え始めた。

「電波だ……」

この世界に、初めて電波が生まれた。電波は周囲の物体に反射し、俺がそれをキャッチすることで、物体との距離感や方向がわかる。

「すごい……」

魔力を強めると、電波の飛ぶ範囲や精度を上げることができた。

どこまでできるのか知りたくなり、どんどん魔力を投入してみる。屋敷周囲の森がどういう地形をしているのか、森がどこまで続いているのか、果てには森に生息する生き物の数、さらには木の数まで把握することができる。

もはや一種の千里眼であった。

近くの木の影に、ミレディはまだ身を潜めているのがわかる。目を閉じていても、彼女がじっとこちらを観察しているのがわかる。

さすがに表情までは感知できないが、いつでもミレディを見守っていられるのだと思うと、この魔法の期待値が高まった。

しかし、いくら電波を飛ばせるとは言え、万能ではない。ミレディの表情もそうだが、木の葉の数や形など、細部の詳細はわからない。大雑把《おおざっぱ》に木の形、人の形を電波の届く範

囲で感知しているに過ぎないのだ。

どこら辺に、どんな生物がいる、という具合でしかわからない。

しかしこれなら、イヴァンの部屋の中がわかるかもしれないし、警備の仕事にも役立つ。一石二鳥。この技は決して無駄にはならない。

魔法を解き、ミレディのもとへ戻った。

ミレディは安堵《あんど》したような表情で、俺を見た。魔法に失敗していなくなるとでも思ったのだろうか。

「おかえり…… いなくなるかと思った」

思ったらしい。

途端にミレディが愛おしくなり、思わず頭を撫《な》でてやる。手に頭を自らこすり付けてくる仕草はまるで主人に甘える猫のようだった。

自分が思いも寄らない行動をしていることに気付き、撫でていた手をさっと引っ込める。

魔法の実験を終えると、どちらからともなく足を屋敷に向け始めた。

ミレディは無表情のままだった。

手はつながれたままだった。

◇◆◇

屋敷に戻ると、昼食が用意されていた。

昨日の夜からイヴァンとダリクが王都の魔法研究所から屋敷に帰っている。朝は姿を見なかったが、食堂には、ダリクが神妙な面持ちで先に座っていた。まだイヴァンの姿はない。セバスチャンやザジは食事の準備を進めている。来るのが少し早かったかと思ったが、ダリクが俺を待っていたようだ。

「セバスチャンから聞いたぞ。オリオンをあの部屋から出したそうだね」

なんの用かと思えば、オリオンのことだ。

オリオンは俺の勝手で解放したが、ダリクのいないここ数日、実に慎ましく過ごしていた。彼女にはもはや危害を加える意図はない。

それに俺の恋愛マスターだ。彼女はこの屋敷において邪険にされる必要はない。

「はい。この通り害はありませんので」

「確かに……セバスチャンから聞いた話では、彼女はもう人工精霊ですらないようだね。君が魔力を奪ったからだとか」

「ええ。ただの人間です。ここは人間を牢屋に入れておく家じゃないでしょう?」

「なんとも……肝の据わった少年だ。僕が元平民の貴族でなければ、君の身勝手を理由に屋敷警備の依頼を取り消されていたところだよ」

「はい」

「あはは、それも織り込み済みのようだね。いいだろう、彼女の面倒はしばらくここで見よう。彼女は人工精霊から強制的に人間に戻されていた。これも魔法研究の一つの答えだね。有意義な結果をくれたことに、礼を言おう」

光栄です、と俺が一礼した後、俺とミレディの後ろからイヴァンが食堂に入って来た。

ダリクは張り詰めた緊張を解いて、いつも通り朗らかに食事を始める。

一方、イヴァンはまだ眠そうである。

しかしこれは渡りに船ではないか。

イヴァンの部屋のことはイヴァンに聞けばいい。俺は食堂に入るなり、イヴァンに声をかけ、隣の席に座る。

「よおアスラ。久しぶりだな」

「おかえり。忙しかったのか?」

「へへへ、よくぞ聞いてくれたなアスラ。研究所じゃ休みなしでコキ使われたんだぜ? ひどくねえか?」

イヴァンは不満気な顔をこれ見よがしにダリクに向けながら話した。

ダリクは、まいったな、と苦笑いをしていた。

「そう言うなよ、必要とされたから忙しかったんだろう」

「よく言うぜ。こんなこと言ってるぜ、親父」

イヴァンは調子良くダリクを呼んだ。出張に出ていた間、仕事を共にして仲を深め合ったのだろうか、二人は目を合わせて笑い合う。

「アスラ君の言う通りだ。イヴァンは研究所のどこにどの設備があるか、どこでどの実験をしているのか、そういう飲み込みがヤケに早かった。仕事に役立つ人材だと所員も言ってた」

「へっ、ホントかよ親父」

イヴァンはまんざらでもなさそうに笑い、ダリクをおちょくる。彼なりの照れ隠しにも見えた。

場が和んだところで、イヴァンに聞いてみた。

「イヴァンがいない間さ、屋敷の周りを見回りしてたんだけどさ」

「なんだ、ちゃんと仕事してんじゃん。怪しいやついなかったかよ」

「イヴァン以外は」

「こんにゃろ、誰が不審者だ、その肉寄越せ！」

「バカやめろ！　それは俺んだ！」

イヴァンは俺の皿に乗ったステーキを奪い、食おうとする。美味そうだから後に取っておいたってのに……じゃなくて！　こいつと話していると馬鹿騒ぎしたくなる。

「もういい、肉はやる」

「怒ったかよ。ほら、肉は返してやるよ」

「ああもう、ニクニクニクニクうるさいなぁ。そうじゃなくて」

「なんだよ」

そうだ、イヴァンとの会話は楽しいのだ。魔法学園にいた頃の数少ない友達である。日本の同級生に久しぶりに会った感覚。俺の空白の二年間が、イヴァンとの時間を楽しいものにしろ、と俺の尻を叩くのだ。

「ったく。見回りしてて思ったんだけどさ、イヴァンの部屋の奥に部屋みたいな場所があるだろ？　あれなに？」

「……」

イヴァンが固まった。

「あ、い、いや……」

「あ、い、いや……何だよ」

「ま、真似すんじゃねえ！　ちょっと似てんじゃねえか！　ははは っ」

「わかったわかった真似しないよ。で、なんの部屋なのさ？」

「いやぁ、大し

「あ、やっぱ部屋なの？」

「んん？　お、俺、部屋なんて言ったか？」

「言ったよ。なに、部屋じゃないの？」

「ん？　あ、いや、どっちだったかなぁ」

「大丈夫かよ。イヴァン変だぞ」

「い、いやぁ……はははは」

「……」

なんだ……このバカは。

普通にしてりゃいいものを、自分からわざわざ「部屋を隠したがっています」って言っているようなものだ。

水泳選手のように泳ぎまくる目。

火山の噴火のごとく噴き出る汗。

目は口ほどに物を言う。まるでその教科書だよ。

しかし、ここまで怪しいと察するに充分な動揺の仕方をされると、俺が怪しんでいることが逆にこの場で露呈する。

興味ないふりでもしとくか。

「気ん持ち悪い笑い方だなあ」

「おまっ、バカヤロウ。このハンサムのどこが気持ち悪いだ！」

「ああ、はいはい、ハンサムハンサム」

「い、いかにもな面倒臭いって対応しやがってぇ～！」

それから適度にじゃれた。話の内容全体的には、俺の興味がイヴァンの部屋に向いていることはそれほど顕著ではないはず。

好物の食べ物を取り合ったり、子供みたいに罵り合ったり。

十八歳だ、冒険者だ、と言ってもダリクやセバスチャンからすれば、イヴァンは十八歳の子供で、俺もやはり冒険者の子供。子供同士のじゃれ合いだと周囲が笑っているのを確認した。

俺がイヴァンの部屋に必要以上の興味があることは悟られていないはずだ。

昼食の後は、いの一番に俺はミレディの手を引っ張った。

「ミレディ、少し行ったところに花畑があるんだ、行ってみないか？」

あえて、食堂で屋敷の住人がそろっている場でミレディを誘う。

ミレディは周囲を見回し、注目が集まっていることを恥じつつも、こくんと頷《うなず》いた。

いいぞ、ミレディ。使うようなマネをしてすまない。

俺は心の中で謝りつつ、彼女の手を引いて食堂を出た。去り際に後ろに視線をやり、食堂の中を一瞬盗み見ると、イヴァンやダリクがいなくなった俺とミレディの間柄を面白おかしく予想しては、茶化していた。

「だから言ったろ、あの二人はくっつくって」

「いやぁ、二人で屋敷に来たからまさかとは思ったけど」

等々……。

俺とミレディは食堂から抜けて客間に入り、二人で身を隠した。

「あ、アスラ……どうしたの？」

「しっ、隠れて」

食堂から見えないように、客間の壁を背にし、食堂の会話を盗み聞く。

「お二人は恋人同士ではないと屋敷に来た時におっしゃっていましたのに……」

セバスチャンもイヴァンたちの会話に混ざり始めた。

「だからわかれよな！　俺と親父が王都にいる隙に、済ましちまうこと済ましちまったってことだよ！」

「なんと！　僕らがいないうちに、この屋敷でかい!?」

「他にどこがあるってんだよ！　セバスチャンが同室にするから！」

「いやはや、恋人ではないから私はてっきりただの仕事仲間だとばかり……」

「男女を同室にした時点で仕事仲間じゃ起こらない炎も燃え上がるっつの！」

「まあまあ、めでたいことじゃないか。僕たちは二人を温かく見守ってあげるとしよう」

な、なんちゅー話しとんじゃワレぇ……！

思わず播州弁が出てしまうほど、男どもの話には驚かされた。

最初は、俺のイヴァンの部屋の奥に対する興味があるってことから、ミレディとの思わせぶりな行動により皆の注目を逸らすことができるかと思い、この策を取ったわけだが、完全に失策だった。特にミレディにとって。

見てみろ、彼女の真っ赤な顔を。申し訳なくなる。

ここまでしなくても、誰も俺がイヴァンの部屋を怪しんでいるなど思ってもいない。少なくとも、男どもの会話からはそれが一切感じられない。

「ごめんな、ミレディ……ごめんな」

俺は謝りながら、ミレディを連れて屋敷を出た。

念のため、本当に花畑に来たのだ。屋敷から小高い丘を少し登った先にある。

ここですぐにイヴァンの部屋の中を確かめたいところだが、ごまかせたとは言え、さすがにイヴァンの部屋の会話の後では、本人は警戒していることだろう。

俺はイヴァンの部屋などに興味はなく、あくまで興味本位で聞いただけで、俺の興味はミレディにしか向いていないのだとカモフラージュするために、ここへ来た。

花畑からは屋敷が見下ろせた。

色んな種類の小花が咲き乱れていて、そよ風が吹けば、小さな花弁と草が舞う幻想的な場所だった。

ミレディが意外にも楽しそうにしている。

「さっきはごめん」

改めてミレディに謝る。

「ミレディも見たろ？　イヴァンの動揺っぷり。ありゃ絶対あいつの部屋に何かあるんだよ」

「わかってるよ。怪しんでるのがバレないようにしたんでしょ？」

「あ、ああ……」

ミレディさんはすべてお見通し。そんな題名で学園漫画が作れそうなくらい、俺の考えは見透かされていた。

「だからもう謝らないで」

「え……嫌じゃないの？　あいつらに恋人だ何だって噂《うわさ》されるの」

「は、恥ずかしいけど……嫌じゃないよ。他人には好きに思わせていればいいよ」

恥じているミレディは、花畑の花も恥じらってしまうような可憐さがあった。

俺は本当にこの子をこれから守ることができて、一緒にいることができるのだろうか。

大した関係を築く度胸もないくせに、俺はいっちょ前にそう思った。

それはミレディがあまりにも可憐で、しかし表情ははかなげで、目を離した隙に花畑の風景に溶けてしまいそうな危うさが感じられたからだと思う。

「私たちは花畑でゆっくりしただけ。屋敷ではそういうことにしておこうね」

ミレディは俺の意図を汲《く》み取り、今一番ほしい言葉をくれた。

ああ、こういうのが、良い女っていうんだな、とふと思った。

そして自分の、自分だけのものにしたいとも、強く思うのだった。

「……あ」

それを実現させようと踏み出す勇気さえあれば、と情けなく思うも、やはり何も言い出せない。

「ん？」

ミレディの表情には、俺のような表裏などなかった。俺は彼女に気持ちを言い出す勇気がなくて、しかしそれを彼女に悟られまいと必死に表情を取り繕《つくろ》っている。

しかしミレディには表情を取り繕うなどという概念すらない。ずっと無表情。だけど、たまに見せる飾らない微笑みが俺は好きなんだ。ミレディには裏などない。だから一緒にいて安心するんだ。

その点、俺はどうだ。どれだけ魔法が強力で、電波を生み出せたとしても、男として成熟できていない。

「あ、いや……もう少しここで時間を潰してから屋敷に戻ろうか」

「うん」

また何も言えない。伝えられない。

花畑だぞ。告白するには持ってこいの場所だと言うのに。

このままミレディが他の男の所へ行ってしまわないようにつなぎ止めていたいけど、そうする手段を持っているにもかかわらず、俺は臆病風に吹かれている。

何が磁力操作だ。何が電波だ。馬鹿馬鹿しい。どんなに強くなっても、自分の一番大切なものは守れないのだ。ミレディが俺を好きなのかもしれないという予測と希望にすがっているだけのクズだ。

とどのつまり、強さってなに？

本当の強さがあるなら、それってなに？　どこにあるの？

俺にゃ皆目わからん。

その日はイヴァンの警戒を恐れ、俺とミレディはイヴァンの部屋には興味がないふりをした。不必要に近付かないし、不必要に避けもしない。

イヴァンはいつも通り愉快なまま。もう少し様子を見てからイヴァンの部屋を調べよう。

しかしイヴァンの部屋の調査が一旦保留になった今、見回り以外にすることがない。俺が電波の魔法を編み出したことにより、見回りもただの散歩に近い。

なんだか電波の魔法って字面的にはデンパ系みたいな印象があってあまり口に出したくない。俺は自分の妄想を周囲に公言するデンパ野郎ではなく、電磁波を生み出し、その周波数や波長を特定域に調整し電波を作っている方である。どちらもこの世界においては稀な存在ではあろうが。

誰に言うでもなく、ただただ頭の中で誰かに弁解する。

要は、することがなくなってきている。

警備と言っても、何事も異変がなければ、屋敷で厄介になっているだけの存在だ。

仕事へのモチベーションも下がる。

俺は痺《しび》れを切らし始めていた。

そんな時だ。

イヴァンが魔法学園の友達であるジムと小旅行に行くことになった。

「ほんとにここで働いてたのか」

イヴァンの小旅行の日はすぐだった。イヴァンを馬車で迎えに来たジムが、イヴァンの屋敷から出てきた俺を見て、驚きついでに笑った。

「学園で話した通りさ。とっとと行っちまえ」

「あはは、アスラも連れて行きたいところだが、警備の依頼が終わってからだな」

「そーだぞアスラ、俺がいないからってサボんなよ」

「うるせ！　早く行けぇ！」

イヴァンとジムはひとしきり俺をからかってから、出発した。

今日は晴天だ。旅行日和である。

セバスチャンとザジはイヴァンたちを見送ると、屋敷の庭掃除を始めた。

「ミレディ」

「うん……」

チャンスだ。ミレディに一声かけるだけで、彼女は俺の目論見を察した。

パタパタと屋敷の中を駆けて、イヴァンの部屋の前に来る。

部屋の扉は……やはり施錠されていた。

早速、その場で電波を使い、イヴァンの部屋の様子に集中した。電波は部屋の扉に当たって跳ね返って来るものもあれば、扉の隙間を通り、部屋の中に回り込む波もある。電波が部屋に入り戻って来る。それを継続していると、頭の中に部屋の内部イメージが構築されていった。

「どう……？」

落ち着いた様子で……と言うか、いつも通りの無表情で尋ねる。

「部屋の奥に扉があるみたいだ……」

ビンゴだ。やはり、イヴァンの部屋の奥には、もう一つ部屋がある。オリオンがいた部屋の上階にあたる部屋。

いったい何を隠している……？

「どうしよっか……？」

ミレディが顎《あご》に手を添えて首をひねる。

しかし答えは決まっていた……いや、ミレディのこちらを窺《うかが》うような問いかけを見るに、俺の答えなど最初からお見通しなのかもしれない。

「入ろう」

「そう言うと思った」

思っていたらしい。

扉の鍵は鉄製だ。磁力操作で解錠した。

ガチャっという音と共にドアノブを回して、さっとミレディと共に中に侵入する。

イヴァンはいないにしても、この時の俺は急いで部屋に入ることばかりに焦って、少々冷静さを欠いていたのかもしれない。

イヴァンの部屋は、洋服が多いだけで、普通の部屋だった。俺とミレディの部屋とそう変わらない。

極力、部屋のものには触らないようにして、中を観察する。

「普通の部屋だね」

「そうだな……」

しかし部屋の奥に通ずる扉だけが異様だった。その扉は無理な改築で取り付けられたせいか、扉を開け閉めする際に床の木板と接触するようで、床にはその時についたと思われる傷が深く弧を描いていた。

不気味である。

普段のイヴァンが底抜けに明るいやつだから、そういうやつがこういった闇を秘めていると、心底不気味に感じてしまうのは俺だけじゃないはずだ。

「この奥だな」

念のため、電磁波を生み出し、色んな周波数と波長で奥の部屋の内部構造を探る。

が、しかし。

「誰かいる……」

「え……」

何者かが直立不動で中から扉の方を向いている。扉を隔てて、俺たちと向き合っているのだ。明らかにこちらに気付いている。イヴァンの部屋に入る時も不用心に音を立てていた。

「水の精霊よ、我に力を。アイス・ウォール」

ミレディが機転を利かせて扉を氷で封じた。

「どう?」

「いや、中に動きはない。一旦退《ひ》こう」

「ダメ。向こうもこっちに気付いてる……押し切ろう」

それもそうか。

たとえ今、俺たちがこの場を逃れたとしても、向こうからすれば自分を警戒する連中がこの屋敷にいるという情報を与えるだけだ。奴《やっこ》さんに何らかのアクションを起こされ、俺たちが不利になる状況も避けたい。

イヴァンはすぐに帰ってくるだろうし、この部屋まで辿り着けるチャンスはそうそうないし……ミレディの言う通り、ゴリ押しするか。

「わかった。精霊化するから、ミレディが俺を身にまとって侵入してくれ」

「うん……氷もジリョクソウサも使えるもんね」

「そういうこと」

いや、嘘だ。

本当のところ、もし相手がミレディを狙って攻撃を仕掛けても、俺がそれを防げなかった場合が怖いからだ。

方向性が固まったところで、俺は以前のように精霊化し、直後には青い光の粒子となってミレディを包み込む。俺が人工精霊だった頃はワーストユニオンと呼ばれた合体技だった。意味は最低合体。三分の一の確率でただのバニーガールになるという最低要素が含まれるため、主に女性陣から批判を受けたのだ。

しかし、そのハイリスクに見合うだけのハイリターンもある。三分の二の確率で、身にまとえば俺の使う全魔法を使うことができる鎧《よろい》や服になれる。さらに、俺がその魔法使用を補佐することもできる。

俺を身にまとうのがミレディであれば、一番ミレディを守りやすいのだ。

もしかすると、この能力はミレディを守りたいと潜在意識で俺が願ったために得られたものなのかもしれない。

などと考えるも、三分の一ハズレがあるから確実性が低いのを思い出すが、しかし――

――今回はアタリのようだ。

ミレディを青白い光の粒子で覆っていた俺は、直後、重厚な鎧へと姿を変えてミレディを包み込む。手には杖の代わりに霊基《れいき》の鎖鎌《くさりがま》が握られ、背中には鎖を発射する射出ユニットが構築される。

解放軍を壊滅させた鎧だ。

間髪いれずにミレディは自分の氷の魔法を解き、思い切ってイヴァンの部屋の奥にある扉を開け放つ。

「……！」

二人して身構えた。

イヴァンの部屋の奥の空間は、イヴァンの部屋と同じく木造の部屋になっており、天井には小さな天窓があるようだが、光源はその天窓だけのようだ。天窓から差し込む日光でスポットライトのように局所的に明るくなっているが、部屋の隅は薄暗くてよく見えない。

しかし、部屋の奥に人影がある。

俺たちと同じくらいの背丈だ。

その人影は微動だにしない。逆光であるため、人相はよくわからなかった。ミレディは角度を変えて見ようと部屋に入り素早く回り込むが、それは人とは言い難い容姿だった。

と言うか、人ではない。

「マネキン……？」

「しかもこれ……」

ミレディが先に気付き、ミレディの額当てとして装着されている俺も遅れてハッとさせられた。

それは、マネキンだった。

しかしただのマネキンではない。

「ノ……ノームミスト……？」

そう、ミレディの言う通り、ノームミストの衣装を着たマネキンだった。

道化を彷彿《ほうふつ》とさせる白いベネチアンマスクに、白を基調とした服装。二年前に王都を騎士隊と一緒に警備した時、そして俺が精霊だった際に解放軍のアジトを案内した時、まさしくその時にいたノームミストの衣装がこの部屋にはあった。

「じ、じゃあ……」

「ノームミストの正体はイヴァンってこと……？」

この部屋はイヴァンの部屋の奥にある部屋だ。ここは十中八九、イヴァンの部屋に違いない。つまりこの部屋にあるものは、イヴァンのものである。

この部屋にはノームミストのマネキンの他に、壁一面に貼り付けられている巨大な地図や写真。

部屋の隅のテーブルには様々な書類が敷き詰められていた。

一旦、ミレディとのワーストユニオンを解除し、精霊化も解いた俺はただ茫然《ぼうぜん》と立ち尽くした。

この部屋にあるものは、全部解放軍とその親玉であるゼフツを追うためのものばかりではないか。

「魔法研究所の資料だ」

部屋の一角にあるテーブルの上にある紙の束を手に取る。

文頭にデカデカと『内部資料』、それに『極秘』とゼフツの名前で書かれていた。

表題には『人工精霊との契約に関する事故について』と書かれている。たまたま手に取ったこれは、どうやら事故報告書のようだ。

俺も日本にいた時、顛末《てんまつ》書とか書かされたな、などと軽い気持ちで読み始めたが、会社の備品を壊したとか、そんな軽い話ではなかった。

『事故により死亡したコロナ=カヴェンディッシュ研究員について』だと……どういうことだ……?」

「カヴェンディッシュ……イヴァンの親族かな」

俺が読み上げた文章に、ミレディが反応する。

コロナ……どこかで聞いたことがある。

いや、そりゃあ俺だって地球に一度は住んでいた人類だ。コロナなんて聞き飽きていた。みんなで一丸となり感染収束のために頑張ろう、そんな気持ちで日本にいた時もあるが、この世界のコロナは地球のものとはまったく別物である。

そう言えば、昔やってたゲームにモンスター○ンターってのがあったな。確かそのゲームでコロナって名前の武器が出てきてはいたけど何か違う……。

この世界に来てから聞いたことがある名前なのだ。

ミレディは壁一面に貼られている地図を眺めて難しい顔をしている。

俺は報告書の続きを読んだ。

「『遺族のダリク、イヴァンには事故の詳細は伝えずに……』この書きぶりからすると、コロナって研究員はイヴァンの母親か……？」

「だからイヴァンはノームミストになって……顔を隠して魔法研究所の資料を盗んで、調べていたんだ……」

ミレディの推測はおそらく正しい。

ばらばらのパズルのピースが、一つ一つ嵌《は》め込まれていく感覚。きっと何かまだある。

報告書の続きにはゼフツによる文書が書かれていた。

「ここからはゼフツの文章だ……」

「いいよ……読んで」

ミレディはいつもの無表情。感情が表に出ていないというよりかは、何も感じていない無表情だった。

前科者の父は娘にかくも冷たい表情をされるのか。将来、もしゼフツが釈放されることがあれば、さぞ見応えのある顔合わせになろう。

俺はゆっくりと続きを読み上げた。

「『一部の人工精霊との契約時に必要となる魔力媒体である『コロナの秘宝』は、生きた人体を基にして生成される』だって……？　それじゃあ、俺がクシャトリアと契約した時のコロナの秘宝ってのは……」

「アスラ……！」

俺は急な悪寒にテーブルに手をつく。この真実は、知るには闇が深すぎる。冷や汗が出る。吐き気もあった。きっと急な精神的なストレスで脳が悲鳴を上げているんだ。ミレディが駆け寄り、背をさすってくれた。

コロナの秘宝……。

俺が聞き覚えのあるコロナは、この人工精霊との魔力媒体のことだ。

コロナの秘宝は、一部の人工精霊との契約に必要なもの……クシャトリアとの契約がまさにそれだった。

クシャトリアが、二年前に人工精霊から人間に戻された時、彼女の体から出て来た赤い球体。それがコロナの秘宝である。

コロナの秘宝……。

誰の人体がその基にされたのか、一瞬で想像できてしまった。

「アスラ……大丈夫？」

ミレディの焦った声は久しぶりに聞いた気がする。

「だ、大丈夫……」

俺はテーブルの報告書を手繰《たぐ》り寄せて、さらに続きを読んだ。

引き続き、ゼフツの文章である。

『コロナの秘宝を生成するにあたり、その人体は〈コロナ＝カヴェンディッシュ研究員〉を選定する。この者は複数の属性魔法を使うことから、あらゆる契約者の属性魔法と互換性が高いものと推察されるためである』……」

言葉が出なかった。

要するに、このコロナさん……イヴァンの母親はゼフツの手により『コロナの秘宝』って名前の道具に変えられたってことだ。

俺は思わず、再び吐き気を催した。

最近、ちゃんと眠れていない体調不良も災いしているかもしれない。

「アスラ……」

ミレディは俺の滝のような冷や汗に顔をしかめることもなく、献身的に背をさすってくれる。

俺の精神ってこんなに細かったたっけ……？

くそ……ゼフツ……ミレディがこの場にいなければ、親が顔をしかめたくなるような罵《ば》詈《り》雑言《ぞうごん》をどれほどお前に吐き散らしていたことだろうか。

しかし、心中そうやって悪態をつく俺は、その主犯ゼフツの娘さんに介抱されているという現状。その現状は、俺をより落ち込ませ、さらに俺はその娘さんのことが好きであり、それを告白する勇気もない。

ああ、消えてなくなりたい……。

なけなしの気力で、報告書の続きを読もうとした。

「ダメだよアスラ。まだ気分悪いんでしょ」

ミレディが俺から報告書の束を取り上げる。

「え……なんて書いてあったの……」

俺のメンタルってミレディに心配されるほど弱いのか。自分の力で事実確認もできないでどうするよ。

「読んでいいの……？」

「ああ、何があったのか、知りたい」

込み上げる悪寒と吐き気を文字通り飲み込み、俺はミレディに報告書の先を急《せ》かす。

ミレディはため息をついてから、ちゃんと読み上げてくれた。……ミレディに初めてため息つかれた気がする。

「『実験の結果、コロナの秘宝の生成に成功。コロナ＝カヴェンディッシュ研究員には事前に実験への参加と称した誓約書にサインさせているため、このことを実験時の事故として処理しても起こり得る反発も零細《れいさい》であると思料する』……だって」

「……！」

めまいがした。

「……だから言ったのに……」

ミレディの呆れるような声のもと、俺は足の震えを感じ、内心後悔していた。

この部屋に入ったことをだ。

怖い……人の生み出す業の闇は、こうも醜く、人に闇を根深く植え付けるものなのか。

イヴァンの抱えていた闇の正体は、これだ。これで間違いない。

ゼフツはミレディを人工精霊にすることを企んでいた。人工精霊になったミレディであれば、俺のこの世界での亡き母ルナを生き返らせる力が宿ると踏んでいたからだ。そしてその時、人工精霊のミレディと契約する魔力媒体が必要になった場合を考えて、イヴァンの母親のコロナ＝カヴェンディッシュを魔力媒体に変えた。

やつらはそれを『コロナの秘宝』と呼んだのだ……。

ゼフツの残虐さ、業の深さは計り知れない。あいつからミレディみたいな良い娘が生まれたのが不思議でならない。

「『コロナの秘宝』には人工精霊との契約以外に、様々な力が宿っていたことが後にわかった。ダンジョンという特殊環境における親和性、人工精霊の魔力的隷属などである。現在コロナの秘宝の所在については、研究員レイヴン及びシンの二名がコロナの秘宝を研究所より無許可で持ち出したため、不明とする』……シンってシン先生のことかな……？」

「……っぅ……」

この報告書は魔法書か何かですか。俺にストレスを与える魔法か何か発動しているんですか。俺に比べ、ミレディは凛《りん》としてて格好いいなあ。

俺のにじんだ冷や汗で手が濡れることも嫌がらず、側で俺の背中をさすってくれている。

それどころか、治癒魔法の呪文を唱えて、俺の悪寒を治めてくれたのだ。

そういうこと。そういうことするから男が次々と好きになるんだよ。

俺がイヴァンの部屋で四つん這《ば》いになって動けずにいると、とある嵐が部屋に巻き起こった。

しかしそれは唐突だった。

バン！

勢いよく扉は開け放たれる。

その嵐は唐突に部屋の扉を開け、踏み込んで来たのだ。

「イ、イヴァン……なんで……ジムと旅行に行ったんじゃ……」

そう、あろうことか、この部屋に入って来たのは、この部屋の主であるイヴァンであった。

「て、てめぇら……この報告書読んで……っていうかノームミストの服も見て……いや、

「そんなことよりなんでお前……」

部屋にいる闖入者《ちんにゅう》に物申したいことが多過ぎるのだろうか。頭で言葉がまとまる前に口に出ては、意味のない言葉となり消えて行く。

「イ……イヴァン……」

俺も俺で部屋を探ることに夢中になっていたため、思いも寄らないイヴァンの突入に背筋が凍る。

いやしかし、まさかこうも簡単に侵入がバレるとは、予想外である。

割と本気で口封じのためにイヴァンに攻撃されるかと警戒したが、この調子なら謝れば許してくれそう……いやいや、イヴァンを舐《な》めてかかるのは控えなければな……こいつは根が良いやつだから、というところにいつも付け込んで許してもらえると高をくくってしまうのは悪い癖だ。

「ごめん……この部屋……興味本位だったんだ」

「あ、ああ……もう見ちまったもんは取り返しつかねぇよ」

「ごめん……」

「いいよ謝らなくて。隠してた俺も俺だ」

「……」

「……」

一時、無言になる。

「おかしいと思ったんだ。部屋の鍵も開いてるし、扉には氷漬けにされた痕跡があるし……」

思い出すように、ここまで来た経緯を話すイヴァン。

「け、警備上、俺たちはこの屋敷の構造には精通する義務があると思ったんだ。でも、個人の部屋を無断で開錠して中に押し入るのは行き過ぎた仕事への熱意だったよ……許してほしい」

一応、この部屋に侵入したのがバレた時のために考えておいた台詞である。しかし、コロナの秘宝の真実を知った今、強気で言い訳する気にもなれなかった。

悪寒が走る。吐き気がする。

精神的な疲労で眩暈《めまい》すらするのだ。冷や汗も、頭痛も、喉の渇きも、気持ち悪りぃ……。

「ここを隠してた俺も悪い……」

イヴァンは怒鳴ることも、錯乱することも、発狂することも、混乱することさえしなかった。見せたのはどこまでも深い後悔の念。この部屋を片付けなかったこと？　それとも、実の母親を実験の道具にされたこと？

少なくとも俺にはわからない。

「どうするの……？」

ミレディが俺の横で俺にしか聞こえないように呟《つぶや》いた。

「……ジムを呼んで来る。ゆっくり話をしよう」

しかし、そこで打って変わって、落ち着き払ったイヴァンが提案する。

俺とミレディは、そのイヴァンの変貌ぶりに意表を突かれ、呆然とお互いを見合わせた。

ジムは、旅行用の馬車で待っていたらしい。

どうやらジムも、ノームミストの関係者らしいのだ。

「どこから話そうか……」

イヴァンの部屋の奥の隠し部屋。そこに四人集まった。

「と、とりあえず座らないか？」

「ああ……」

俺の部屋ではないし、椅子もソファもないが、俺の提案にみんなして床に腰を下ろした。

そのついでに、俺は発言を続ける。

「まずは……イヴァンがノームミストってことでいいんだよね？」

「ああ、その通りだぜ」

「じゃあ……王都で俺が追い駆けたのも、しばらく魔法が使えないように罠《わな》に嵌《は》めたのも、実はイヴァンだったんだな？」

「ああ、そうだよ」

そう言えば、普段の馬鹿みたいに明るい俺とイヴァンの掛け合いも、ノームミストに初対面した時の掛け合いと似ている。

あの時、ノームミストと霧の中でお互い急に顔を合わせてびっくりし合ったっけ。

「なんで俺たちに話してくれなかったのさ」

「これは俺の復讐のつもりだったんだ」

続けて、イヴァンは陰鬱《いんうつ》な口調と面持ちで、どっしりと重圧感のある言葉を吐いた。

「仕返ししてやるつもりだったんだよ、ゼフツの野郎に……」

「ミレディ、すまないな、君のお父さんの話を君の前で……」

イヴァンが目論見をついに吐露し、それをジムがフォローした。

ミレディは気にする様子もなく、首を横に振る。

「だけど、この前、『ロップイヤー』って名前の神級精霊が解放軍を……ゼフツを捕まえやがった」

ロップイヤー、俺のことだ。俺が人工精霊になり、しばらく身をやつしていた時の姿。

それが神級精霊ロップイヤーである。

「殺すつもりだったのか……」

　ミレディの前でイヴァンに聞くのはためらわれたが、これを聞かないと話は進まなかった。

「もうそこまで知ってんのかよ」

「報告書はあらかた読んだ。ごめん」

「……ごめんなさい」

　俺とミレディは、素直に謝る。しかしイヴァンはいいよ、と手を振った。

「もうどうせ叶わない復讐劇さ。いつかは言うつもりだった」

「このこと、ダリクさんたちは……」

「知るワケないだろ。親父はお袋の死を研究の事故だと思い込んでる。今更真実を伝えるのも酷だぜ」

「お前だけそれを抱えてこれからの人生を生きていくってのかよ」

「アスラ……それはジムにも散々言われたぜ。でもいいんだよ。親父には知らないまま、幸せになってもらいてえんだ」

　イヴァンはどこか遠い目をする。そう言えばこいつ、中身は人のことを一番に考えるタイプの男だったっけか……。

「格好つかないぞ」

「今の俺が一番よくわかってるよ。復讐するチャンスを悪気はないとは言え、お前とミレディに奪われたんだ。馬鹿だよなあ。でもそんなことより、アスラが生きててくれた嬉しさの方が、復讐心より強いんだよ……本当に馬鹿だよな」

「……」

それを聞いて、俺は少し泣いた。

「おいおい、泣くなよ……いくつだお前」

一度死を経験した俺は、少し涙もろくなっているのかもしれない。

今日何度目だ、ミレディに背をさすってもらうのは。

そう言えば、解放軍のアジトの前でノームミストと会った時、アスラって名前聞いただけでノームミストは泣いていた。

あの時はファンだからって言い訳してたけど、中身がイヴァンだとわかれば納得がいく。

名前だけで涙するファンがどこにいる。なんて言い訳が下手なんだ。

それを思い出した俺は、また少し泣いた。

「俺は二年精霊やってたからまだ十六歳だよ。年下なんだからいいだろ泣いても」

俺に泣く予定はなかったが、結果として場の雰囲気が和んだ。

「そうだ、ひとつ面白い話をしてやろう……ノームミストって名前はジムが考えたんだぜ」

「言うなってイヴァン」

さらにイヴァンが空気を和らげようとする。

別にイヴァンは部屋を見られたことに怒ってなどいなかった。紆余曲折《うよきょくせつ》の果てに泣いちゃったけど、俺、この部屋の侵入者なんだぜ？

なぜ部屋の持ち主に慰められているんだ。

結局、イヴァンの優しさに救われるのだった。

「将来子供が生まれたら、間違っても自分で名前つけようとするんじゃないぞ、ジム」

「うるさいぞ、アスラ」

ノームミストの名前の由来をイヴァンが暴露し、ジムが恥ずかしそうにしている。

話しやすくなってきた。

イヴァンが隠し持っていた復讐心。しかし俺とミレディに先を越された無念。自分の母はゼフツに殺されたのに、ゼフツは王都の牢獄で生き長らえている屈辱。それでも、俺が無事に生きていたと知った時の安堵《あんど》。

いろんな感情がごちゃ混ぜになって、イヴァンはこれまで心に決めていた目標が一気に消えてなくなったのだ。

ゼフツを自らの手で殺すという目標が。

結果として、復讐心だけを燃やして作られたこの混沌《こんとん》とした部屋だけが残されたんだ。

それはまるで、イヴァンのごちゃごちゃに渦巻く感情を形容しているようにも感じられた。

「ノームミストってのは、イヴァンが霧の魔法を使うから『濃霧』と蒸気の『ミスト』をかけているんだろう?」

「ああそうだよ。満足かアスラ?」

「うん……でもさ、まだお袋さんの仇《かたき》を取りたいって思ってんのか、イヴァン」

「さあ、どうなんだろうな……」

話を戻そう。

この様子を見れば、イヴァンの牙《きば》はおそらくもう折れているはず。

しかし彼にも意地があるのだと、俺は思う。なぜなら俺がイヴァンの立場なら、きっとそう思うはずだから。

イヴァンは言った。

馬鹿だよな、と。

復讐心よりも俺が生きていたことの嬉しさの方が強い、と。

「きっと、お袋さんは望まない。もしイヴァンがゼフツに復讐した時のことを考えてみろ。今よりもっとひどいぞ」

「ああ、ジムにも言われたよ」

おそらく、この手の話はイヴァンとジムで何度も繰り返しているはずだ。

イヴァンの長年積み上げられた復讐心やその他諸々の負の感情。

この部屋を見ればわかる。

イヴァンの復讐心は確かな形を持っていて、輪郭がはっきりとしているのだ。

綿密に計画を練り、確実にゼフツを殺すタイミングを窺《うかが》っていた矢先、俺とミレディに先を越された。

復讐心を抱えたまま、イヴァンは笑顔を顔に貼り付けて学園生活を送っていたのだ。

フラストレーション、目標の消失、無気力な生活。

イヴァンは復讐心という原動力を失い、もはや母親の死と真正面に向き合うしか道はないのだ。

今こそ明るく振る舞っているが、一人になった時のイヴァンはどんなだろう?

そんな一人の時のイヴァンの内面を、この部屋は如実に表していた。

痛々しい。

助けてやりたい。

しかし、俺とミレディはその術を持ち合わせてはいなかったのだ。

イヴァンは依然としてゼフツを殺したいと思っているのか。

その答えはついに聞き出すことはできなかった。

俺とミレディは、イヴァンの部屋に侵入したことにちゃんと頭を下げ、部屋を出た。

イヴァンとジムはどんな気持ちなのか、どんな内面をしているのか、一気にわからなくなった。

程なくして、二人は旅行に再出発した。

73話　ダリク＝カヴェンディッシュ

イヴァンとジムの旅程は、聞くところによると一泊二日なのだという。

解放軍が壊滅し、エアスリル王国内の治安が格段に良くなったため、前々から念願だった旅行を計画したのだとか。

しかし、各地に散らばった残存勢力があるらしく、そのために俺とミレディはこの屋敷で雇われている。

解放軍は、オリオンがまだ人工精霊だと思っている。オリオンを取り返せば、まだ勝機はある、と。

実際のところ、オリオンは俺と解放軍のアジトで戦闘した際に、俺に魔力を根こそぎ吸い取られ、人工精霊の状態を保っていられず、人間に戻っている。

オリオンがこの屋敷にいると解放軍の残存勢力が認識しているうちは、俺とミレディはここから離れず警備するというのが、冒険者ギルドと交わした依頼の内容だった。

「暇だね……」

が、ついにミレディからこの言葉が出てしまった。

俺とミレディは見回りを兼ねて、屋敷の周辺の森を散策している。

所々で俺が立ち止まり、電磁波で電波を作り出し、レーダーよろしく索敵している時、それは言い放たれた。

「考えないようにしてたのに」

「やっぱりアスラも思ってたんだ」

「まあね」

これで寝不足がなく体調も良好であれば言う事なしなんだけど。

仕事が暇というほど、よい職場はない。しかも俺たちはいるだけで依頼料が支払われる。

しかし実情としては、俺とミレディが同室であるおかげで、俺が夜寝る時にミレディのことを意識してしまい過ぎるあまり、俺は興奮してあまり眠れていないのだ。

「ふぅ……」

最近は著しく体力も落ちているし、食欲もない。

「アスラ……最近しんどそうだよ。少し休もう？　ね？」

女の子に優しくそう言われると、余計に頑張りたくなってしまうのが健康な男児というものである。そう、俺は健康のはず……。

「だ、大丈夫……」

「でもすごい汗……息も荒いよ？」

ミレディの綺麗《きれい》な手が俺の額に触れる。

ひんやりとした彼女の手の感触と、汗が付着する申し訳なさが湧き起こる。

あまりの手の気持ち良さに頬擦《ほおず》りしたくなった。

「アスラ……すごい熱……早く屋敷に戻ろう……！」

ミレディにそう言われて、何となく自分の発熱を自覚した。言われてみれば、立ちくらみはするし、悪寒もある。体もだるかった。

「水の精霊よ、我に力を……」

ミレディは治癒魔法を施してくれた。

一気に体が楽になる。汗も引き、何なら汗の感覚が気持ち良いくらいだ。

「ありがとうミレディ。楽になった」

「でも休まなきゃだめ。これは一時的なものに過ぎないから」

「ええ……、でもさ」

「だめ。一緒に屋敷に戻るの」

ミレディは強引に俺の手を掴《つか》み、屋敷まで引っ張って行った。

屋敷に着くと、ミレディは早速セバスチャンを呼んだ。

「これはこれは、何でもアスラ様が熱を出したとか」

セバスチャンは庭仕事を切り上げて来てくれたようだ。

ミレディの治癒魔法の効果が切れてきて、俺は徐々に客間のソファに沈み始めていた。

「おやおや、最近顔色が悪いと思ったら。毎日ちゃんと寝ないといけませんよ」

そう思うならミレディと部屋をさっさと分けてくれ。心臓に悪い。

俺はセバスチャンのからかいに返事すら出来ず、やがて眠ってしまった。

◇◆◇

眠っている間、俺は夢を見た。

よく見慣れた夢だ。暗い空間にスポットライト。地面に薄く張られた水面。

その水面をぴちゃぴちゃと軽快に駆け寄って来る足音が聞こえた。

足音の正体は白ウサギ。

白ウサギは俺を中心とするスポットライトの手前で立ち止まる。

「精霊からあなたに戻って以来ね。元気……ではなさそうね」

「なんだよこれ、夢の中でもしんどいのか」

「馬鹿は風邪をひかないなんて嘘みたいね」

「誰が馬鹿だ」

言われて気が付いたが、夢の中でも発熱による脱力感がある。俺は地面に張られた水が冷たいことに気付き、地面に寝転がった。

水は精々、指三本分くらいの深さだ。

仰向けに寝そべると、後頭部から背中が冷やされて気持ちがいい。

「ああ、いいね」

「ふふ、やっぱり馬鹿ね。その調子じゃすぐに風邪も治るでしょう」

白ウサギは軽く笑う。

やはり綺麗《きれい》な声だ。

何度聞いてもそう思うし、一度耳にしたら忘れない声。

さっきまでは体の背面が冷やされて心地が良かったが、急に額にもその心地良さが降ってきた。

あ、これ目が覚めるやつだ。

そう思った途端に意識は引き戻されて、俺はベッドの上で目覚める。

正確には膝《ひざ》の上……いや、太ももか。

程よい肉付きの、女性らしい柔らかさを持つ太ももである。

仰向けに寝転がる俺の目の前には、ミレディの俺を見下ろす顔があった。

「……大丈夫？」

いつもの無表情。

無表情で俺に膝枕《ひざまくら》をしているのだ。

そして額に手を置いている。俺が感じた額の冷たさは、ミレディの手だった。

「少し怠《だる》いけど、かなりマシ……ありがとう」

「治癒魔法をしたからだよ。まだ寝てなきゃ」

ミレディが俺に定期的に治癒魔法を使って症状を和らげてくれているようだ。

咳や鼻水はない。ただ体が寒くてたまらない。たまに震えるし、倦怠《けんたい》感が強い。

「俺はどのくらい寝てた？」

「四、五時間くらいかな。うなされてたよ」

だからミレディが付き添って治癒魔法を……。

ギルドで受けた依頼の仕事だってのに、情けない。

部屋の外はもう薄暗くなっていた。

「もうすぐ食事だって。食べれそ？」

「あ、ああ……何とか」

「ちゃんと食べなきゃ治らないからね」

食べなきゃ治るものも治らない。前世の実家で言われたようなことを、この世界でも言われるようになるとは。

体を起こして、怠い体を動かそうとした時、部屋の扉がノックされた。

「はい」

ミレディが返事をする。

扉を開けて部屋に入って来たのは、セバスチャンだった。

食事の用意ができたのだろうか。

「少々問題が」

どうやら食事じゃないらしい。

セバスチャンは神妙な面持ちで、どこか緊迫感を努めて押し殺しているようにも見えた。

「どうしたの」

「実は……屋敷の周囲に賊が……」

「賊？」

「ええ。先ほど庭仕事を終えて屋敷に戻ろうとした時、怪しい人影がありました。警戒してみると、屋敷が取り囲まれていました」

「え……」

この辺の盗賊だろうか。

しかしなぜ攻め込まない。貴族の屋敷など凶器で脅して金品を奪い取るのがやつらの常《じょう》套《とう》手段のはずだろう。

「こっちが気付いていることは？」

「おそらく相手には気取《けど》られてはいないかと。いかがしましょう」

試しに電波で周囲を警戒すると、どうやら本当に屋敷の周囲を何人もの人間が取り囲んでいるようだ。

屋敷の南北の茂みに人が集まっており、挟み撃ちをするような陣形を取っていた。

屋敷の入り口が南を向いているからか、南側の人間が北側に比べて極端に多い。

それぞれの人間が武装している。

「まずいな……」

くそ、俺が眠っている間にこんなに敵が集まっていたとは。完全に不覚だった。

にしても俺が寝込んでいる隙を襲われるとは、またタイミングが最悪だ。

普段は電波で周囲を警戒してるのに、こういう時に役立たないといよいよ俺の魔法に意味がない。

「屋敷の南側に敵が特に多い。南側は俺とミレディが引き受けるから、セバスチャンは北側を頼むよ。幸いまだ敵は準備中みたいだから、気付いていないフリして、こっちから先手を打とう」

「な、なぜ敵の陣営の配置が……」

「俺の魔法で周辺の状況を把握できるんだ。また後で説明するけど、今は敵を撃退しよう」

「は、はい。かしこまりました」

「ダリクとオリオン、他の屋敷の使用人たちは屋敷内の安全なところへ避難させて。時間は稼ぐ。避難が完了してから、屋敷の北側の敵を討ってくれればいいよ」

イヴァンが旅行で屋敷にいないのが不幸中の幸いだった。

「しかしアスラ様は体調が……」

「ちょうどいいハンデさ。楽しもうじゃないの」

セバスチャンの心配の言葉に、俺は気丈に返事をした。

体調不良で屋敷を守れませんでした。そんな報告をギルドにしたくはない。俺は体調がどうこう以前に、この屋敷を守る義務がある。それが仕事だからだ。絶対に守り抜いてみせる。

敵を迎え撃つ方針が決まってからは早かった。

俺は体に鞭《むち》打ち、ミレディと共に屋敷の南側に駆ける。

「……」

ミレディは無理する俺を心配そうに見るが、今は俺の体のことは二の次。

一刻も早く敵の侵攻を防がないと。そして敵の目的を聞き出す。

ミレディだって俺がいないと敵の侵攻を完全に食い止めることは難しいとわかっている。だから俺に来るなとは言えない。

賊だかなんだか知らないが、とっとと追い払って、疲れたと言ってミレディに甘えよう。

屋敷のエントランスから出ると、夜を迎えつつある森が広がっている。

姿は見えないが、電波が敵の存在を教えてくれる。

数十メートル先の茂みに二十人足らず。確実にいる……。

「ミレディ、その先の茂みにいる。二十人もいないよ」

まるで月夜を眺めにちょっと出かけるような足取りで、ミレディと屋敷を出る。

手をつないで恋人同士を演じる。

「うん……どうするの」

こんな時だってのに、ミレディは少し照れくさそうに下を向いた。まったくどこにそんな余裕があるのかね。俺は熱の怠《だる》さで足取りも定かではないのに。

「俺が奇襲をかけるから、ミレディはそれを合図に安全な場所へ。たぶんワーストユニオンを使う」

「うん」

ミレディの返事を聞いてから間もなく、俺は稲妻を茂みに向かって放つ。

バリィッ！

一瞬、稲妻の周囲に閃光が弾け、敵の姿が目視できた。敵も運が良いことに、誰にも稲妻は当たらなかったようだ。

「気付いていたのかよ、ガキども」

すっと茂みから男が立ち上がる。

それに続いて周囲にいた敵が次々と立ち上がり、姿を見せる。

全員漏れなく解放軍の黒い鎧《よろい》に身を包んでいた。

これは賊などではない。この警備依頼の敵である解放軍の残存兵だ。

「おい、この前のやつらが言ってた『トワイライトの亡霊』だよ、あの黒髪」

「本当だ、話に聞いた通りだぜ」

「この前のやつらって誰だ」

「ほら、馬車を襲いに行ったら返り討ちにされて全裸で帰ってきたやつらだよ！　心も粉々に折られて故郷に帰ったやつら！」

「アイツら口々に言って怯《おび》えてたぜ……アスラ＝トワイライトの幽霊にやられたって……」

「ゆ、幽霊なんているはずないぜ……」

「そうだ。ゆ、ゆゆゆ、幽霊なんて……」

以前の山賊と名乗っていた集団も解放軍の一味か、もしくは解放軍外部の末端組織か……いま目の前にいる連中の仲間だったというわけだ。

しかし、トワイライト幽霊説はまだ奴《やっこ》さんたちの間では有効のようだ。

水曜◯のダウンタウンの説検証じゃあるまいし、幽霊説だろうが何だろうが使えるものは使って、とっとと片付けよう。こちとら発熱でしんどいんだ。早くミレディの膝枕《ひざまくら》に戻りたい。

「ミレディ」

「うん、無理……しないでね」

「……」

ミレディの言葉に応えることなく、俺は精霊化する。青白く光る粒子が体を一瞬覆い、ウサギの仮面が顔に装着された。

「お、おおお、おい！　本当に人間なのか、あいつ！」「で、でもアスラ＝トワイライトは死んだって……！」「じゃあアレはなんだ！」「た、ただのそっくりさん……とか？」

「あんな魔法を使えるそっくりさんが、そう都合良くいるか！　本物だって！」

なにがそっくりさんだ。ニコと同じようなことを言って。これが敵の混乱。優勢なのは、私？

綾波の初期ロットの真似をするくらいには余裕がある。すぐにワーストユニオンを使い、ミレディの鎧《よろい》と化した……かったが、これは一定確率で鎧になる魔法。今回はハズレだった。

ハズレと言っても、大ハズレではない限り戦える。俺の魔法を装着者がすべて使えることに変わりはない。

ミレディの格好は精霊化した時の俺の服装がそのまま適用され、ウサギの仮面となった俺はミレディの側頭部に取り付けられた。

ミレディが動き出したのは直後だった。

俺は磁力操作でミレディをサポートしつつ、彼女は身体強化の魔法で強烈な疾駆を見せた。

ズンッ！

解放軍の残党たちはそれを目で追うことすら叶わず、霊基《れいき》の鎖鎌《くさりがま》を打ち込まれる。

「がふッ……きさま……どうやって」

気絶する仲間を見て、解放軍の残党たちは目を瞬かせた。気が付けば、轟音の直後に仲間が一人やられていたのだ。

「何がトワイライトの亡霊だ！　やっちまえ！」

一気に血が昇った解放軍の残党たち。

魔法の攻撃が雨のように降りかかる。

「アスラ、お願い……」

「あたぼうよ！」

ミレディに呼応し、俺は魔障壁を彼女の周囲に展開。敵の魔法のすべては霧散する。

「ごめんね、熱があるのに……」

「それはあとだ。今はこいつらを」

「うん」

ミレディの一挙手一投足に息を合わせた。

彼女が手を敵に振りかざせば稲妻を。

氷の魔法を使おうとすれば、魔力供給を。

駆け出せば身体強化を。

敵が近づけば警告し、霊基《れいき》の鎖鎌《くさりがま》を磁力操作して牽制《けんせい》した。

ミレディは、俺にはない女性特有の柔軟な動きで、敵を翻弄する。

次々と敵は霊基の鎖鎌でなぎ払われ。

次々とミレディの氷で固められ。

次々と稲妻で感電し気を失った。

「ば、化け物め……」「何が亡霊だ！　そんなの信じねえ！」「こ、こいつミレディ＝フォンタリウスだ。旧解放軍の第一標的だった聖女だ」

ぼろぼろになった解放軍の残党たち。

一方で、息一つ切れていないミレディ。

「旧解放軍……？」

「おそらく俺たちが潰した解放軍だよ。口ぶりからすると、残存戦力で新解放軍とでも言いたいんだろうな。仰々《ぎょうぎょう》しく言ってるけど残党だよ、こいつら」

ミレディに軽く答えているつもりが、だんだん発熱の症状が悪化してきた。ミレディの治癒魔法が効かなくなってきたのだ。

「残党だと？　俺たちは新勢力に生まれ変わったんだ！」「最後の生き残りとしてこの王国を作り変えてやるんだ！」「その足掛かりにオリオンが必要だ！　オリオンを寄越せ！」

新勢力に生まれ変わった、彼らはそう思いたいだけだ。もう解放軍のアジトもゼフツ＝フォンタリウスという後ろ盾もない。たまたま生き残った勢力は、すべからく残党だよ。

従って、決着はすぐだった。

たまたま残党として生き残った解放軍の兵士たちは、解放軍という母体を失い、統率力がまるでなかったのだ。

ミレディの俺に勝らずとも劣らない鋭い斬り込みに残党たちは翻弄されっぱなしで、放つ魔法はことごとく防がれ、太刀筋はかわされる。

ミレディにとっては赤子の手をひねるに等しかったはずだ。ミレディには、相手を殺さないよう心掛ける余裕すらあった。

彼女は殺生《せっしょう》を好まない。

電圧を調整した電撃を放つ。人体に致命傷を負わせないように鎖鎌《くさりがま》を振るう。内臓を傷つけないように打撃を入れる。仮に失敗して致命傷を負わせたとしても、彼女は敵が絶命してしまう前に、治癒魔法で敵の命を取り留めた。俺は治癒魔法への魔力提供を惜しまなかった。

その姿はまさに元とは言え、聖女の名に恥じぬ戦いぶりである。

絶対的なまでの力を持ちながら、敵は殺さない。その戦いが行き着く結果は、敵の無力化、戦いの終結、争いの消滅につながる。必ずだ。

ミレディの放つ鎖鎌の分銅は敵の肩関節を外し、足の骨を折る。大怪我《けが》ではあるが、狙う箇所は大出血を避けた後遺症の残らない部位。

電撃はあくまで敵の筋肉を動かないようにするだけで、臓器に影響がないように調節されていた。また、俺もそうなるように操作した。

敵の鎧《よろい》を貫く拳や蹴りも、衝撃が内臓を揺らす程度。一撃で敵の戦意を削ぐのが最も手っ取り早く、敵も安全である。

最後、屋敷の前に立っていたのはミレディのみ。

解放軍の残党たちは、みんなうめき声を上げている。死にはしない。

ミレディには、少々汗がにじんでいた。

大勢の敵を気遣った戦いは初めてだったのに、良くやったもんだ。

「終わった……？」

ミレディは息を整えながら言った。

俺は電波で周囲を索敵する。

磁力操作や電磁波の出力など、現代科学の知識に基づいた魔法の操作は、この世界の住人であるミレディにはできなかった。

磁力操作の担当は、ワーストユニオン時も俺の役目である。

「屋敷の南側の敵はもういないみたい。北側でまだセバスチャンが戦ってる」

「じゃあ、北側だね。アスラは……大丈夫？」

「あ、ああ……」

「もう少しだから……」

強がりである。

屋敷南側の敵がひと段落ついたところで、気が緩んだのかもしれない。意識が朦朧《もうろう》としてきた。

ミレディは俺を気遣い、屋敷の北側に急いだ。セバスチャンのためでなく、俺のため、というのがまた泣けてくる。

屋敷の外から北側に回り込むと、セバスチャンが敵と剣を交えていた。

「フォンタリウス様……！　そちらの敵は!?」

敵は五人。

セバスチャンの服には所々切り込みがあり、本人の血がにじんでいた。

「片付いたよ……」

「なんと、お早い……！」

このやりとりを聞いた敵が、にわかに動揺する。

「増援か。この執事だけでもかなりの手練《てだ》れだってのに」「反対側のやつらがやられたって……」「ハッタリに決まってる。俺たち陽動隊の所に増援に来ても意味がねぇぜ」

屋敷の南側にいた大人数を一人で相手にしたミレディだ。それに比べ、こっちはたかが五人。あっという間にカタがつく。

が、俺の体力も限界だった。

精霊だった時にはあり得なかった体調不良。

人として生きている実感とともに、与えられた枷《かせ》でもあった。

「ミレディ……………」

久々に弱々しい声が出る。

「アスラ？」

「げ……限界かも」

「え……！」

途端に、ミレディとのワーストユニオンが解かれ始める。ミレディの装備と化している俺が、一瞬でミレディから切り離されて精霊化しただけの状態に、ミレディは元の修道服に戻った。

「くそ……」

「アスラ、もういいよ……！」

予想だにしない事態に、敵の五人組も唖然《あぜん》とする。

「どうなってんだ、アイツ」「二人に増えたぞ」

セバスチャンは俺に駆け寄り、尻餅《しりもち》をついた体勢の俺の肩を持つ。

「アスラ様、ご無理はなさらず……！」

「いや、もう一度だ、ミレディ！」

俺は躍起《やっき》になっていた。

たかが発熱ごときでミレディを守れないようじゃ意味がないんだ、とムキになっているのがわかる。

「う、うん……っ」

語気を強めた俺の怒声に気圧《けお》されたミレディが、戸惑いながらも頷《うなず》いた。

俺はセバスチャンの支えをほどき、自ら立ち上がった。頭がくらくらする……が、努めて力強く地面を踏みしめる。

ミレディの不安そうな表情をよそに、もう一度ワーストユニオンを試みる。いつも無表情のミレディが不安を表情に出すなど、俺は相当余裕がない様子なのだろう。

しかしワーストユニオンは見事にアタリを引き当てた。俺は青白い光の粒子となり、その粒子は鎧《よろい》となる。

この状態を維持することだけを考えた。

ワーストユニオンで合体したことにより、ミレディの気持ちが伝わってくる。

これは焦りだ。

はっきりわかる。俺の身を案じて、敵との決着を早々につけるつもりなのだ。

戦いにおいて、焦りは禁物である。

「ミレディ、落ち着いて。焦らないでいい。俺は大丈夫だから」

口にして驚いた。

予想外に、いかにも平気そうな声が出たからである。

「う、うん……！」

俺の余裕の声に、ミレディは少し落ち着きを取り戻したようだ。

本当に、男とは単純な生き物である。

腹が減れば何か食べるし、眠たいならば寝て、セックスがしたければセックスがしたいと言う。

好きな女の子が自分を心配していれば、どんなに辛くても平気だと笑える。

本当に、俺はどこまでも単純である。

しかし、ミレディが敵との戦闘をすぐに決着させようとしていることに変わりはない。

敵は五人。

唐突にミレディが駆け出した。

予告なしであったため、俺も咄嗟《とっさ》に魔力供給をする。

「水の精霊よ、我に力を。アイス・ロック」

高速の世界で、ミレディが呟《つぶや》くように唱えた詠唱。氷の魔法だ。

「くそっ！　なんだ！」「氷の魔法だ！　早く足を抜け！」「くっそ、なんでこの氷こんなに硬いんだァッ！」

直後に敵の足元が凍り、地面に足が固定され、敵は動けなくなる。

解放軍の残党五人組には、明らかな焦りが生まれた。まるでミレディの焦りがそのまま乗り移ったかのよう。

「アスラ……」

ようやくミレディの意図がわかった。

ワーストユニオンで『アタリ』が出た時、彼女の鎧《よろい》の背部には分銅に連なった鎖を発射する射出ユニットが四つ取り付けられる。

そして霊基《れいき》の鎖鎌《くさりがま》を足して鎖は五つ。

加えてミレディの魔法で敵は身動きが取れない。

五人相手ならば、一度の攻撃で決着である。

「いいぞ、ミレディ……！」

「うん」

バシュッ!!

ミレディの背中から分銅が四つ発射される。

俺はそれらを磁力操作しつつ、霊基の鎖鎌の分銅も操作し、敵を目掛けて打ち出した。

ズンッ!!

「ぐぉあっ！」

ミレディの駆ける推進力も加わり、五人の残党たちの腹部に、それぞれ分銅が命中する。

残党たちの足の氷が砕け、足が氷から引き抜かれた。さらに勢い余って残党たちは十数メートル宙を舞う。

まさに一網打尽。

いや、五本も鎖を使ってりゃ一網とは言えないな。

地面に叩きつけられた残党たちはうめき声をあげているものの、その負傷で身動き一つ取れないようだ。

それを確認するや否や、俺は力尽きてしまう。

一気に気が抜けてしまった。

あっと言う間にワーストユニオンは解かれ、さらには精霊化すらも保てなくなる。

「アスラ……っ」

ひざまずくと、ミレディが駆け寄り、受け止めてくれた。

危うく後頭部を地面に打ち付けるところである。

「アスラ……っ、すごい熱……っ」

不明瞭な視界の中、ミレディの焦る表情がぼんやりと見える。

「す、すぐに担架を持ってまいります……！」

視界の端で、セバスチャンが屋敷に駆けて行くのが見えた。彼も傷だらけだろうに……。

「み、水の精霊よ、わ、我にちかっ……力をっ！」

切羽詰ったミレディが途切れ途切れに治癒魔法を詠唱する。

結果的に、ミレディに膝枕《ひざまくら》をしてもらう形になった。ははは、結果オーライだ。

治癒魔法の緑色に光る粒子が俺を包み込み、その粒子は空に吸い込まれていくように昇っていく。

ミレディが俺を覗《のぞ》き込む顔が照らされ、綺麗《きれい》だった。

ぼんやりしていた意識が、何となくミレディを認識できるくらいには回復……しているのかな、わからない。

朦朧《もうろう》とする意識で、俺はミレディに何かを伝えようとした。

「俺……ミレディのこと好きだって……言ったっけ……？」

夕焼け色から夜の色へ変わる空に、緑色に光る粒子が昇る中、不意に出た言葉だった。

ミレディの瞳から漏れ出した涙に、緑色の粒子が溶ける。

「ううん。初めて聞いた……」

星空に緑色に光る小さな球が混ざる。

空に手を伸ばしたつもりが、ミレディの頰《ほお》に突き当たる。

涙で少し濡れていた。

その涙も温かくて、何だか心地良くて、俺は思わず頰をそっと撫《な》でていた。

俺の手にはミレディの手が添えられ、ミレディは頰をぎゅっと俺の手に押し付けてきた。

ミレディは間もなくして俺の手から頰を離すと、前に屈み、そっと俺に口づけをした。

この前の事故とは違う、ゆっくりとした、しかし確かなキス。
こんなに高熱を出しているのに、その辛さも忘れられた。
その心地良さの中に、俺はゆっくり意識を手放した。

74話　後日談

解放軍の残党たちは、遠征帰りの騎士隊たちが捕縛し、王都に連れ帰ることとなった。

解放軍の残党を倒した翌日のことだった。

俺はまだ熱が下がっておらず、ミレディのその場しのぎの治癒魔法で何とか倒れずにいられた。

ダリクは初め、王都に解放軍の残党を捕らえたと、知らせを出そうとしていた。

これだけの人数の残党たちを騎士隊が来るまでの間、屋敷に捕らえておくのは大変だぞ、と頭を悩ませていた。

残党たちを倒したのは日が暮れた後。

翌日の朝まで交代で残党たちを見張ることですら骨が折れた。

残党たちは、以前までオリオンを捕らえていた牢屋の中に押し込めていた。

まさかオリオンの牢屋がここで役立つとは……。

しかし、残党を捕らえている間、こいつらの食料や排泄物《はいせつ》にも気を配らなければならない。

騎士隊を呼びに王都に向かうにも、騎士隊を連れてくるにも、時間が必要だった。

何か良い手はないか思案を重ねていると、ちょうど騎士隊の甲冑《かっちゅう》を来た者たちが、数人屋敷の前を通りかかったのだ。

「何かものすごい音が聞こえたので来てみましたが、カヴェンディッシュ様のお屋敷でしたか」

騎士隊の男はそう言って現れた。

こいつら、本当は残党たちの仲間で、もし奇襲に失敗した時のために控えさせておいた逃走手段なんじゃないのか？

当初こそ俺は疑った。

「実は……騎士隊長の命令でこの国に現れた神級精霊を探しに遠征していたのですが、神級精霊は王都にいたと最近知らせがあり、王都に引き戻されたのですよ」

「いやはや、精霊というのは何とも気紛れで困りますな」

騎士隊員たちは口々に笑いながら言うが、俺は内心、申し訳なさで一杯になった。

屋敷の住人一同は、一斉に俺を見た。

まず……神級精霊が国内に現れ、探すために騎士隊が遠征に行ったことを、騎士隊以外で知る者はごくわずかの人間だけである。

解放軍の残党たちが知っているとは思えない。

もちろん、残党たちが調べて手に入れられる情報でもない。

そもそも神級精霊の話はネブリーナが箝口令《かんこうれい》を敷いている。王国民や役所の人間ですら知らないことである。

そのため、この者たちは本当に騎士隊の人間なのだ。

疑ってすまない。その上、過去に俺がやらかした事で無駄足遠征をさせてすまない。

「しかし、この数の解放軍の残党を蹴散らしてしまうとは、カヴェンディッシュ様がお雇いになっている冒険者は優秀ですなぁ」

「しかも英雄アスラ＝トワイライトと聖女ミレディ＝フォンタリウスに似ていらっしゃる。何か精霊様のお導きを感じますなぁ」

騎士隊員たちは、俺たちに目をつけてダリクが雇ったのだと思い込み、ダリクの先見の明を褒め称えた。

ダリクは冷や汗いっぱいに苦笑いをしていた。

俺は騎士隊に、もう一つだけ『あるお願い』をしてから、騎士隊を見送った。

こうして、解放軍の残党たちの事後処理は、幸運にも手軽に済まされたのである。

「いやぁ、君たちを雇って本当に良かった！　まさに超軼絶塵《ちょういつぜつじん》！　セバスチャンの話を聞いただけだが、神級精霊と言うに相応《ふさわ》しい強さだ！　アスラ君は体力を消耗したようだが、気が済むまで屋敷でゆっくりしていくといい！」

騎士隊と残党たちを見送った後、ダリクは大層機嫌が良さそうに笑っていた。

これで俺の体調さえ万全なら祝勝会などと、みんなの働きを讃えたいものだが……。

ダリクの言葉に甘え、俺は屋敷の部屋で休むことにした。

いつもミレディが付き添ってくれて、たまにセバスチャンも食事や着替えを持ってきたり、看病をしてくれた。

「アスラ様、先日お申し付けいただいた別部屋のご用意ができております。お部屋を移られますか？」

セバスチャンがようやく部屋を用意してくれた。

しかしもう遅い。遅すぎるんだよ。

「いや……もういいよ。ミレディと同じ部屋で」

「そのようで……」

「セバスチャン……知ってたな？」

「お客人に心地良くお過ごしいただくために尽力したまでです。これも仕事ですので」

老婆心……いや、老爺心か？

食えない爺さんだ。

セバスチャンが部屋を出ると、ミレディは顔を赤くして手を握ってくる。

「……」

「…………」

つ、つつ、つつつ、付き合ってるってことでいいんだな？

あれ以降、俺とミレディはお互いに愛の言葉を囁《ささや》いたり、キスをしたり、恋人らしいことはしていない。理由は一つ。小っ恥ずかしいからだ。

もし俺が求めればハグやキス、それ以上のこともミレディは応じてくれるのだろう。

しかし、今は勢いに身を任せず、この初々しい二人らしい空気を大事にしていたい。

この先、いくらでもそういうことはできる。でも、今の空気感は、今だけしか味わえない気がするのだ。

前世通算で初の恋人。

ミレディはどうなのだろうか。

恋愛の大先輩、オリオンの推測によると俺と同じらしいが、俺にはわからない。

体調が良くなれば、オリオン先輩に次の段階の話を聞いてみよう。

今回の件について、セバスチャンやザジにも礼を言いたい。

そしてイヴァン。

イヴァンの心に抱える闇も、いつか吹き飛ばしてやりたい。

きっと、アイツにはこれからの人生を楽しむ必要がある。

イヴァンとジムが旅行から帰ったら、次の旅行の予定を立てよう。俺やミレディ、屋敷のみんなも巻き込んで、リフレッシュするのだ。

もう二度と、イヴァンがゼフツを追うためだけの例の部屋に入らなくていいように。

キャンプやバーベキュー、観光に行ったり、魔法学園にいた時のようにダべって馬鹿騒ぎするだけでもいい。せっかく同じ屋敷にいるのだ。一緒に住んでいるうちに、色々しよう。

そう思っていた。

そう思っていたが、俺の体調は良くならなかった。

数週間後、ある手紙が届いた。

差出人は『ミカルド＝フォンタリウス』。

ミレディの兄、ノクトア。その母親がミカルドである。確か、水都メーザの監獄『レイヴンクロフト』の所長をしていたはずだ。

今更何の用だろう。

会いに来いと言うのなら、俺は未だ回復しない発熱のせいで動けないぞ。

数週間、屋敷で厄介になっているが、病状はまったく良くならない。近くの町医者に来てもらっても、診断できなかった。未知の病の可能性があるらしい。

あれだ……。

この世界の俺の母親、ルナと同じだ。

彼女も未知の病に侵され、俺がこの世界で十歳になる頃、命を落とした。

当時、ミレディも一緒にいた。

「アスラ……」

最近ではミレディは俺がルナと同じように死ぬのではないかと、不安がっている。

恋人同士になったところだというのに、なんてツいてないんだ、俺という男は。

イヴァンは、ジムとの旅行から帰って来てから、解放軍の残党による襲撃と、俺の体調不良を知ってえらく驚いていた。

「アスラ、馬鹿も風邪ひくんだな……」

「しばくぞ」

「ミレディと付き合った代償だな」

「その代償だというなら、軽いもんさ」

「だな。あのミレディ＝フォンタリウスだぞ。魔法学園の男の誰もがうらやむミレディだ」

「へへへ、ミレディと付き合えるなら風邪の一つや二つドンと来いだ」

この会話はミレディの前ではできない。

なぜって恥ずかしいじゃないか。ミレディに聞かれでもしてみろ。俺はまだ、ロクにミレディに愛の言葉を囁《ささや》いたこともないんだ。

「お前、全然治らねぇな、アスラ……」

「イヴァンが心配するなんて珍しい。明日は雪か？」

「言ってろ」

と、そこでイヴァンは思い出したように話を変えた。

「そう言えば、王城から小包が届いたんだ。俺宛だ。何だったと思う？」

俺はそれに心当たりがあった。解放軍の残党を王都まで連れ帰った騎士隊員にお願いしていた物である。

「さあな」

「すげぇぞ、あのネブリーナ姫からの小包だ」

「人生の宝だな」

「ああ、まさに宝さ。『コロナの秘宝』……これ、お前だろ？」

「さあな」

「俺のあの部屋をお前たちに見られた直後だ。こんな事するの、アスラしかいねぇぜ」

「……ごめん、俺、それ使ってクシャトリアと契約してたんだ……」

そう、コロナの秘宝は、一部の人工精霊と契約する際に必要になる。

クシャトリアが、それだった。

コロナの秘宝は、生きた人体を元に作られる。

ゼフツが、イヴァンの母親である『コロナ』さんを被験体にして生み出された物なのだ。

「いいさ。お前のおかげで、お袋がこの屋敷に戻ってきたんだ。お前が『お袋』に出会ってなければ、ここに戻ってくることはなかったんだ」

「うん……」

コロナの秘宝は、クシャトリアが人工精霊から人間に戻された際に、クシャトリアの体から出てきたものだった。王族により王城で管理されていたのだ。

それを、俺が騎士隊経由でネブリーナに頼み、この屋敷に送ってもらった。

イヴァンの隠していた例の部屋を見た俺には、そうする責任があると、勝手に思ったのだ。

「しょげるなよ、気持ち悪りぃな」

「でもさ――」

「――いいんだよ」

イヴァンは続けた。

「俺は魔法学園を卒業したら、魔法研究所で働く。『コロナの秘宝』を『お袋』に戻したい。人から魔力媒体になれたなら、魔力媒体から人にも戻る可能性がある。俺はその可能性の研究をしたいんだ」

俺は一時、熱の怠《だる》さも忘れるくらい衝撃を受けた。

イヴァンは、自分の力でゼフツの残した闇を克服していた。そして次の目標を見据えていた。

こいつは男である。

いくら精霊化できて、電磁波を操れて、神級精霊になれたとしても、イヴァンのような強さがなければ、何でもない無力なままだ。

俺は二年前、精霊になった時に学んだ。

強さとは、大切な人を守れる力だけではない。

そして、俺はこの屋敷で学んだ。

自分の足で一歩一歩、ゆっくりでもいい、立ち上がって歩き出す力も強さである。

それを、イヴァンは持っていた。

「お前みたいなチャラ男が研究員だって？　なんの冗談だよ」

「うるせぇ、万年病弱野郎」

俺たちなりの励まし合いだった。

イヴァンのおかげで、ミカルドからの手紙を読む気が少し湧いてきた。

解放軍の残党の襲撃から数週間と数日後、手紙は、ミレディと読むことにした。

俺の病気は、屋敷の住人に感染することは全くなかった。それに、ミレディの治癒魔法が徐々に効かなくなっていた……。

ミレディは夜な夜な泣いている時がある。

部屋を共にしているミレディに俺の病気が伝染することはない。

「……アスラ、体調は？」

「今日はいつもより良いよ」

発熱の怠《だる》さに慣れることはない。

ミレディのいつもの無表情には、どこか影があった。

恋人が落ち込んでいると、俺まで悲しくなる……と思うものの、ミレディも同じか、それは。俺の熱が一向に下がらないから、ミレディは落ち込んでいるのだ。

「手紙、読むよ？」

「頼む」

ミレディはベッドに腰掛け、俺はベッドに横になったまま、ミレディに手紙を読んでもらう。

手紙に書かれていることは大きく分けて三つあった。

一つ目は、この世界における俺の父親、『レイヴン』が亡くなったということ。

レイヴンは、ミカルドが所長を務める監獄レイヴンクロフトの囚人だった。ゼフツの陰謀によってそこで捕らえられているレイヴンに、俺は一度だけ会ったことがある。俺はレイヴンに息子だと名乗ることはなかった。レイヴンも俺を息子だとついに気付きはしなかった。

それがこの世界の俺の父親である。

死んだと聞かされても、衝撃はあまり受けなかった。手紙に書かれている他の内容が、より衝撃的であったのだ。

手紙に書かれていたことの二つ目は、レイヴンはルナと同じ病で死んだということ。

ミカルドの手紙には、同じ病であると断定はされていなかったが、レイヴンの病状がルナと酷似していたのだという。

そして、手紙に書かれていたことの三つ目は、レイヴンが残した遺言によると、この病は治せるということ……。

俺とミレディは顔を見合わせた。

レイヴンの病状を見ていたミカルドは、俺がルナやレイヴンと同じ病気にかかっている、もしくは将来かかるのではないかと憶測していたのだ。そしてレイヴンもまた、未だ見ぬ息子も、ルナや自分の遺伝が影響して未知の病に侵されるのではないかと思い、病気の治療方法を探っていたのだ。

過去に水都メーザに行ったことがあった。

その時、ミカルドに挨拶《あいさつ》しておいて本当によかった。こんなところで、ミカルドの配慮が役立つとは……。

レイヴンの死は……悲しいことだと思う。しかし、この世界に転生した俺に、彼が父親だという自覚はほとんどない。なぜならレイヴンとの接触がなかったから。理由はそれに尽きる。

そのためだろうか。

手紙の衝撃は、レイヴンの死よりも、俺の病気が治癒可能であることの方が大きかった。

レイヴンの死が伝えられている手紙の横で、不謹慎極まりないのはわかっているのだけど、俺は歓喜した。

「よかった……」

というか、安堵《あんど》した。

今まで不安だったのだ。

この病が治らなければどうしよう。

ルナのように死んでしまったらどうしよう。

ミレディを残して死んだらどうしよう。

イヴァンは早くも次の目標を見出した。

俺も次の目標を立てることにする。

「アスラ……一度、メーザに行こう……私が連れて行くから」

しかし、それはミレディも同じのようだ。

「ごめん……頼めるかな？」

「もちろん。恋人でしょ」

俺は絶句した。

ミレディの無表情。

彼女は言葉以上のことを考えていないのか、顔を赤らめることはない。

そう、いつもの無表情。

なのに、言葉の破壊力はアルマゲドン級だった。

父親役のブルース・ウィリスが娘役のリヴ・タイラーのために命を賭《か》けるレベル。

そんな無償の愛が、感じられて、感動して、俺は固まってしまったのだ。

「……う、うん」

若干、泣きそうになる。

病気が治ると吉報を受けた上に、ミレディに恋人と言ってもらえた。

天変地異が起こったり、雪は降ることはなくとも、イヴァンがイヴァンらしからぬ真面目な目標を立てた影響は、良い形で俺の前に現れたのだ。心の中でイヴァンに礼を言うことにする。

かくして、唐突とも言える目標は水都メーザの地に立てられた。

俺がこの屋敷を出る日は近い。力強くそう感じた。


〈『無属性魔法の救世主10』につづく〉

この作品に対するご感想、ご意見をお寄せください。

●あて先●

〒101-0052 東京都千代田区神田小川町3−3
主婦の友インフォス　ヒーロー文庫編集部

「武藤健太先生」係
「るろお先生」係

ヒーロー文庫

ヒーロー文庫

無属性魔法《むぞくせいまほう》の救世主《メサイア》 9

武藤健太《むとうけんた》

2021年6月10日　第1刷発行

発行者　前田起也

発行所　株式会社　主婦の友インフォス
〒101-0052 東京都千代田区神田小川町3-3
電話／03-6273-7850（編集）

発売元　株式会社　主婦の友社
〒141-0021
東京都品川区上大崎3-1-1 目黒セントラルスクエア
電話／03-5280-7551（販売）

印刷所　大日本印刷株式会社

ISBN 978-4-07-449020-2